沉默的告别

Graeme Macrae Burnet
〔英〕格雷姆·麦克雷·伯内特◎著
李昕恬◎译

四川文艺出版社

图书在版编目（CIP）数据

沉默的告别 /［英］格雷姆·麦克雷·伯内特著；李昕恬译. — 成都：四川文艺出版社, 2017.10（2018.5重印）

ISBN 978-7-5411-4825-5

Ⅰ. ①沉… Ⅱ. ①格… ②李… Ⅲ. ①长篇小说—英国—现代 Ⅳ. ①I561.45

中国版本图书馆CIP数据核字(2017)第251015号

CHENMODEGAOBIE

沉默的告别

［英］格雷姆·麦克雷·伯内特 著 李昕恬 译

策划出品 华语天下图书
责任编辑 封 龙 周 轶
责任校对 汪 平
特约监制 白 丁
产品经理 李 雪

出版发行 四川文艺出版社（成都市槐树街2号）
网 址 www.scwys.com
电 话 028-86259287（发行部） 028-86259303（编辑部）
传 真 028-86259306

邮购地址 成都市槐树街2号四川文艺出版社邮购部 610031
印 刷 北京嘉业印刷厂
成品尺寸 150mm × 210mm 1/32
印 张 8.75 字 数 200千
版 次 2018年1月第一版 印 次 2018年5月第二次印刷
书 号 ISBN 978-7-5411-4825-5
定 价 42.00元

第一章

Chapter 1

又是一个寻常夜。同往常一样，克洛驰餐厅的老板帕斯特坐在吧台后给自己倒了一杯烈酒，这表明餐点供应已经结束，接下来的服务将由他的妻子玛丽与服务员阿黛尔负责。这是晚上九点钟。

曼弗雷德·鲍曼坐在吧台旁的老地方，勒梅尔、伯蒂、克罗杰坐在门边，他们面前的桌上摊着当日的报纸，还有一瓶酒、三个玻璃杯、两盒香烟、一个烟灰缸以及勒梅尔的眼镜。这瓶酒足够他们三个分享整晚。帕斯特用胳膊肘抵着吧台，翻开台子上的报纸。他有些秃顶，便把头发向后梳，掩盖头上秃掉的地方。玛丽则忙着分拣餐具。

阿黛尔把咖啡端给其他的两位用餐者，接着便开始收拾桌子，先把桌布上的残渣推到地上，再打扫干净。曼弗雷德观察着她。确切地说，他不是坐在吧台边，而是餐厅到厨房递餐的窗户旁。他需要不断地调整位置给服务员让道，但没有人让他换个地方。从他坐的位置可以环视整个餐厅，不知道的人常把他错当成餐厅的老板。

阿黛尔穿着白衬衣、黑短裙、白袜黑鞋，腰上系着一条围裙，围裙上的口袋里装着点单的小本子和擦桌子的抹布。她肤黑丰腴、凹凸有致、双唇饱满，褐色的脸上缀着一对棕色的眼睛。她习惯性地盯着地面。这些特点算不上漂亮，但她有着一种天然的吸引力，特别是在餐厅的单调乏味下，这一吸引力愈发地凸显。

她斜靠在空桌上，曼弗雷德转身对着吧台，透过吧台上方的镜子，看着阿黛尔短裙下若隐若现的大腿。门边坐着的三个男人也在盯着她。曼弗雷德脑海里出现了无限遐想，他把类似的想法藏在了自己心里。

十九岁的阿黛尔已经在克洛驰餐厅工作五六个月了。她是个沉闷的姑娘，不喜欢跟餐厅的常客交流。看她松散的领口，还有不经意间露出的胸衣的蕾丝边，曼弗雷德知道，她喜欢这种众目睽睽之下的感觉。否则，她干吗穿得如此轻佻？

当她转向吧台的时候，曼弗雷德便会移开自己的视线。

帕斯特正盯着报纸上一篇关于黎巴嫩危机的报道。

“真是血腥啊。”曼弗雷德说道。

帕斯特轻哼一声，表示自己的赞同。他不善于隔着吧台探讨颇具争议的话题。他只负责倒酒、开单子，在他眼里，伺候用餐会有损他的风度，所以这种事以及与客人开玩笑都是玛丽、阿黛尔或是其他员工的工作。其实，曼弗雷德对中东形势并没有自己独到的见解。他之所以这么说不过是觉得帕斯特也会这么说，或者只是想得到帕斯特的认同。让曼弗雷德高兴的是，帕斯特并不想与他闲聊。曼弗雷德会时不时地发表一些言论，虽然得不到特别的回应，但对他而言，不用交流就是一种宽慰。

勒梅尔坐在门旁边的桌上滔滔不绝地讲着奶牛的挤奶周期。勒梅尔是个理发师，他的理发店就在餐厅附近。他详细阐释着如何通过缩短挤奶的间隔时间来提高产量。在农场长大的克罗杰打断道，通过缩短奶牛的产奶周期以提高产量的法子，从长远来看会造成损失。勒梅尔猛地摇着头，抬手示意他闭嘴。

“常识性错误。”说完，勒梅尔滔滔不绝地继续着自己的话题。

克罗杰瞪着桌子，玩弄着自己的玻璃杯把儿。勒梅尔五十出头，身材臃肿，黑色的POLO衫外套着一件深紫色的V领毛衣；他的裤腰提在肚子中间，腰上系着一条细皮带；他的头发乌黑发亮，梳在额头后方，凸显着前额的美人尖。曼弗雷德猜测他的头发一定是染的。伯蒂与克罗杰都是已婚男士，但鲜少谈及自己的妻子。但凡提起来，也一定不是什么好话。勒梅尔依旧单身，他总辩称自己不相信家养动物。

从外面看，克洛驰餐厅一点也不起眼。淡黄色的外墙上落着斑斑点点，墙面还出现了漆皮裂痕。挂在窗子上方的招牌也不再引人注目，不过餐厅处于镇中心，无须过多地宣传。餐厅的门在角落上，连着停车场，每周的礼拜市场也是在这儿。门旁的墙上挂着一块黑板，上面写着每日特色菜。黑板的正上方是个小阳台，阳台上焊着装饰华丽的铁栏杆。阳台连着的公寓就是帕斯特与妻子的家。从里面看，餐厅极为宽敞，两根宽柱将室内分隔，把窗边到大门右手边的桌子随意地划为餐饮区，人们白天可以进来简单地喝杯酒，或是在晚上畅饮，就白天的新闻事件侃侃而谈。餐饮区大约有十五张木桌，桌上铺着颜色鲜亮的漆布，上面摆着餐具与玻璃杯。吧台后面的墙上挂着一面大镜子，镜子的半边被玻璃酒柜挡住了，上面贴着Alsace啤酒广告，不过字母已经斑驳，有几处都模糊不清了。这面镜子让餐馆看起来更大，却给吧台增添了一种辉煌不再的悲凉。玛丽总嘟囔着它破旧不堪，但帕斯特坚称正是这面镜子造就了这儿的魅力。一谈到重新装潢，他总以“我们经营的不是巴黎小酒馆”推托。吧台右手边是洗手间，洗手间门的两侧是两只用来装餐具、玻璃杯与陶器的深色木抽屉。没人能记得抽屉是何时装的，不过帕斯特开餐馆前它们就在了。

今晚，三十岁的曼弗雷德同往常一样，穿着黑西服、白衬衣，脖子上的领带松开，乌黑的头发齐边，中分在两侧。他相貌英俊，两只眼珠却紧张地转来转去，似乎在避开与他人的眼神交流。所以但凡他出现，人们都会感到拘束不安，这也让他更为尴尬。每个周三下午银行下班后，曼弗雷德会去勒梅尔的理发店剪头发。勒梅尔每次都会问他心仪的发型，曼弗雷德总是回答：“老样子。”剪发的时候，勒梅尔会跟曼弗雷德谈论天气，或是当日新闻上非争议性的话题。曼弗雷德离开时，勒梅尔会跟他告别：“周四见。”

然而，不到三个小时，勒梅尔就会跟伯蒂与克罗杰出现在餐厅的老地方，曼弗雷德也会坐在吧台边。他俩会点头示意，但也仅限于此，好像两人不过是偶尔眼神交流的陌生人一般。但是每逢周四，曼弗雷德总会受邀与他们仨一起玩桥牌，曼弗雷德不是特别喜欢打牌，所以气氛里总免不了一种紧张。曼弗雷德觉得自己坐在桌上会令他们不舒服，但拒绝邀请又好像显得自己过于高冷。这一习惯从三年前勒费夫尔去世就开始了。从葬礼后的那个周四开始，打牌就成了三缺一，所以他们邀请曼弗雷德加入。曼弗雷德知道自己不过是打牌充数的，从勒梅尔道别时的“周四见”就能看出，其他的晚上三人并不欢迎他的加入。

曼弗雷德点了当晚的最后一杯酒。帕斯特将酒瓶里剩下的酒倒进玻璃杯中，放在吧台上。曼弗雷德一般会喝一整瓶，不过他喜欢一杯一杯地点，虽然这样点单的花费是买整瓶酒的两倍，但出于习惯,他从不要整瓶。有一次,他算了下如果改变点酒的习惯，自己一年会省下一大笔钱，尽管如此，他依然坚持着自己的习惯。他告诉自己，一个人对着一整瓶酒坐在吧台上太粗俗了，这不是告诉别人自己就是来买醉的吗？完全没有考虑其他顾客的心情。这或许就是勒梅尔三人对自己有所保留的原因，好像一杯一杯地点酒要比一整瓶好得多，他也由此产生了一种优越感，当然事实也的确如此。

帕斯特从不会评论曼弗雷德的喝酒习惯。何必呢？他愿意买一样的酒付两倍的价钱，何乐而不为？

快十点的时候，阿黛尔就更活泼了。她清理着桌子，有意无意地靠近客人，甚至和坐在门口的勒梅尔逗笑。勒梅尔不知说了什么，但一定很下流，才让阿黛尔冲他竖起了中指，接着突然走开，回到吧台附近。曼弗雷德从没见过如此轻佻的阿黛尔，虽然她依旧低眉垂眼地穿过活板门，消失在暗处。几分钟后，阿黛尔又回来了，虽穿着一样的短裙，却换上了黑色紧身衣与高跟鞋，外面还套着一件牛仔夹克。她涂着睫毛膏与口红，向帕斯特道“再见”。帕斯特抬头看看表，接着点头示意再见。阿黛尔离开时根本没有在意自己的转变对还在酒吧的顾客造成的影响，出门时也没有四处张望。

曼弗雷德喝掉了剩余的酒，把钱放在帕斯特放账单的银托盘里。曼弗雷德的钱总是不多不少，省得帕斯特找零，自己还要铺张地留小费。

曼弗雷德从洗手间旁的衣架上取下雨衣，微微点头，同勒梅尔三人告别。恰逢九月初，秋季的第一阵寒流初至，圣路易斯的街上空寂无人。曼弗雷德从街角转到米洛斯路，在前方几百米处他看到了慢慢溜达的阿黛尔。他发现自己离阿黛尔越来越近，都能听到她高跟鞋走在路上的咔嗒声。曼弗雷德放慢了脚步，他不能连招呼都不打就超过阿黛尔，可要是打招呼，两人一定很尴尬。或许阿黛尔会觉得自己跟踪她，或者她在餐厅的轻佻就是为了引起自己的注意，现在又故意出现在这里期待一场偶遇。

无论他走得多慢，两人的距离还是越来越近，越靠近阿黛尔，曼弗雷德就觉得她走得越慢。突然，阿黛尔停下来，扶着路灯调整高跟鞋的鞋带。曼弗雷德现在距离她不过二十米，他弯下腰假装系鞋带，并把头埋在膝盖里，希望阿黛尔没有发现自己。他听着高跟鞋远去的声音，再抬头阿黛尔就不见了，她一定是转弯或者进了某栋大楼。

曼弗雷德恢复了自己的正常速度。接着，在新教寺庙前的小公园里，他看到阿黛尔靠着矮墙抽烟，好像在等人。不过，当曼弗雷德发现阿黛尔的时候，就来不及躲避了，他打算过马路，这样的话简单打个招呼即可。阿黛尔已经看到了曼弗雷德，并看着他朝自己走来。曼弗雷德没有喝醉，在阿黛尔的注视下，他突然觉得脚下有点不稳，满脑子都想着阿黛尔可能在等自己，但很快又否定了这一念头。

“晚上好，阿黛尔。”曼弗雷德跟几步之外的阿黛尔打着招呼。他停下脚步，虽不情愿，但不想让自己看起来那么粗俗，只因对方是服务员就不屑开玩笑。

“晚上好，曼弗雷德。”阿黛尔回道。

直到这一刻，曼弗雷德才意识到阿黛尔知道自己的名字，她这么称呼自己似乎在暗示两人之间的熟悉程度。在餐厅里，她只叫过自己鲍曼先生。他是不是还在阿黛尔的声音中捕捉到了一丝轻佻？

“天儿真冷。”曼弗雷德实在不知道说什么。

“是啊。”阿黛尔说着，用手往胸口拉了拉自己的夹克，是证实曼弗雷德的话，或是要遮住自己的乳沟。

片刻的安静后，曼弗雷德继续说道：“不过，天晴的时候夜晚就冷。云彩有隔离作用，像床上的毯子一样可以吸热。”

阿黛尔盯着曼弗雷德，片刻后她慢慢点了点头，吐出烟圈。曼弗雷德后悔不该谈到床，他觉得自己的脸颊都红了。

“你在等人吗？”阿黛尔看起来压根儿不想继续回应，曼弗雷德只能如是问道。她做什么跟他压根儿没关系，只不过他实在找不到话题。不过，如果她说没有等人该怎么办。他该做什么，是邀请她去自己的公寓，还是去镇上还在营业的一家酒吧？对这种情况，他一点经验都没有。

好在阿黛尔回答前，曼弗雷德看到一个年轻人从摩托车上下来。他冲着曼弗雷德轻轻点了点头，曼弗雷德点头示意，接着与阿黛尔再见。

“再见，先生。”阿黛尔回道。

曼弗雷德走的时候瞟了一眼，正好看到阿黛尔迈腿坐在摩托车上。他想,那个年轻人可能问阿黛尔自己是谁,阿黛尔应该会说，“餐馆的一个客人”。

再走十分钟曼弗雷德就能到家，他就住在米洛斯路尽头六十年代的四层公寓里。他顶楼的公寓里有一间小厨房、一间卧室、一个他很少进的客厅，还有一间小盥洗室。厨房下方是一个布满落叶的小公园，周边都是类似的小公寓楼。楼下还有长椅与儿童乐园。厨房的窗外有一个小阳台，清晨阳光会照进阳台，但曼弗雷德很少坐在外面，他害怕邻居觉得自己有什么不健康的想法。人们习惯对三十多岁的单身男人指指点点，特别是那些孤僻的人。曼弗雷德把自己的公寓打扫得一尘不染。

回到家，曼弗雷德会从厨房台子上的酒瓶中给自己倒杯晚安酒，喝完后他会再倒一杯，拿着去睡觉。他拿起床边桌上的书，但他没有打开。与阿黛尔的偶遇让他不安，甚至有点激动，她喊了自己的名字，但她男朋友来的时候她却称呼自己先生，这种转变好像是表示他俩的关系没什么特别。曼弗雷德从没想过他俩之间能有什么，但她打招呼的时候完全不需要加任何称呼。这显然是在对她男朋友掩饰两人之前的亲密时刻。

回想着阿黛尔在他前方溜达、调整鞋带的场景，曼弗雷德的快感比以往都要强烈，很快就睡着了。

第二章

Chapter 2

圣路易斯镇在阿尔拉斯地区，与德国、瑞士隔着一条莱茵河。镇上大约有两万人，这里并不出名，除了零星的几座橡树做的漂亮的特色房子外，没有什么能吸引游客的地方。人们会途经此地去往其他地方，镇子很无趣，好像是当地人退休养老的地方。有前途的年轻人会离开镇子去上大学，而且基本上都不会再回来。

如果说圣路易斯镇有镇中心的话，那恐怕只能是一些杂集的战后建筑，中间还穿插着几座逃过时间与城市规划的老房子。商店上挂的牌子已经褪色，展示橱窗也暗淡无光，似乎店主已放弃了吸引过路人的关注。要是哪个过路者能在意这个镇子，恐怕他脑海中唯一出现的词就是平凡无奇。圣路易斯毫无吸引力可言。

即便如此，三百年来镇子上始终有人居住。这里的人文化水平不高、没什么钱，更倾向于政府右翼。不过平庸的人也时不时需要买双新鞋、穿件新衣服，需要剪头发、治牙、看病，需要取钱贷款，需要找个地方吃饭、喝酒、八卦或者打发时间。镇上的街道也需要打扫，垃圾需要回收，人们也必须遵守法律秩序。人们的房子需要水管工、电工、工匠或者装修工的维护，孩子们必须上学，老人需要得到护理，逝者也必须入土为安。

简单说，圣路易斯镇上的人同其他地方的人没有差别，无论是同样单调还是更为繁华。虽然他们知道镇子的平庸无奇，但当地人依旧对圣路易斯盲目自豪。有的人梦想着有一天逃离此地，还有人因没有抓住机会离开，活在悔恨之中。大多数人还是日复一日地重复着同样的事，鲜少甚至压根儿不考虑自己的周边环境。

曼弗雷德出生在镇子靠近瑞士的边界附近，他的父亲哥特瓦尔德·鲍曼是瑞士巴塞尔人，过去是个酿酒工。哥特瓦尔德不高，皮肤黝黑，眼神明亮。他的母亲阿奈斯·帕里亚特是法国人，出生在当地一个富裕的律师家庭。她生性乐观，但看起来病恹恹的。曼弗雷德七岁前都住在巴塞尔，虽然他记不清小时候的事，但印象尤深的就是家里带着瑞士口音的德语。从很小的时候，他的发音就变了，但一听到这一口音，还是会让他想起记忆里模糊的童年。

曼弗雷德对父亲的记忆就只有两段。一段是晚上他从酒吧回到家身上散发的那种令人作呕的味道，还有俯下身亲吻自己道晚安时短下巴上的胡须楂儿。另一段就是曼弗雷德对父亲的喜爱。他记不清楚缘由（或许是他的生日），哥特瓦尔德带着曼弗雷德去了自己工作的酿酒厂，曼弗雷德还记得厂子里浓厚的酵母味，以及鹅卵石上酒桶滚动的声音。至少在曼弗雷德的记忆中，其他的酿酒工与父亲一样，个子不高，皮肤黝黑，赤膊，走起路来大摇大摆。哥特瓦尔德带着曼弗雷德穿过院子时，他的工友们冲他喊着："Grüezi Gottli。"

"知道什么意思吗？"父亲问道，"翻译过来就是小上帝，还不错，对吧？小上帝。"曼弗雷德紧紧抓着父亲的手，期待着自己在酒厂工作的那天。

曼弗雷德六岁时正逢克洛驰餐厅出售，阿奈斯的父亲把餐厅买了下来，让自己的女儿、女婿经营。餐厅所处的中心位置吸引着附近的商店主与上班族，保证了稳定的收益，虽然餐厅也提供晚餐，但主要的业务还是集中在白天。曼弗雷德的外祖父一定觉得自己为女婿提供了一份收益不高但却稳定的工作，但却忽略了女婿的酿酒工人的作风举止以及磕巴的法语。哥特瓦尔德的坏脾气“成功”疏远了餐厅的客人，也没有培养出老板的优雅与决断。他每晚都不合时宜地坐在酒吧里，嚷嚷着自大的法国人抢了他的生意。

父亲死后，餐厅就被卖了出去，但曼弗雷德依旧与母亲住在楼上的公寓里。后来，由于母亲身体不好，他们只能搬回到镇子北郊的外祖父家。曼弗雷德怀念住在酒吧楼上的日子。那时候，每当与母亲吃晚饭时，楼下炊烟袅袅，伴着客人的辩论声，穿过敞开的窗户浮动。酒吧是镇子的港湾，但在外祖父家，曼弗雷德是孤独的。对于外祖父母而言，他非但不能让他们自豪，反而提醒着他们自己女儿错误的婚姻。曼弗雷德继承了父亲粗鲁的行为、母亲病恹恹的脸，这让他难以融入同龄男孩的圈子。当他还住在酒吧楼上时，每次放学回家，年长的男人总会高兴地跟他打招呼，好像他也是其中一员。周末，他也会帮常客跑跑腿，赚几块钱。到了晚上，他会坐在窗边，听着楼下此起彼伏的对话，想象着自己的参与。但在外祖父家，除了楼梯口那只老钟慢慢的嘀嗒声，他什么也听不到。

伴随着曼弗雷德学生生涯的是“瑞士人”这个外号，他厌恶这个称号。勒梅尔在邀请他加入周四棋牌游戏时还是这么称呼他。当时勒梅尔对着吧台大喊：“要不要加入我们啊，瑞士人？”曼弗雷德希望母亲可以去掉名字中父亲的姓氏，尽管她的丈夫有不少缺点，但她依旧保留他的姓氏来缅怀丈夫。曼弗雷德与母亲离开餐厅后，阿奈斯常常把儿子叫到床边。曼弗雷德不喜欢母亲房间的味道，像医院一样，漂亮的桌子上摆满了棕色的瓶瓶罐罐。母亲病重后，医生差不多每天都来，这也多亏了外祖父的声望。曼弗雷德进屋时，阿奈斯总会挤出笑容、伸出双臂，但她虚弱得根本无法起身。曼弗雷德会握住母亲的手，坐在床边。

阿奈斯的床边摆着丈夫的照片。照片中，一辆奔驰车停在瑞士高山的盘山路边，哥特瓦尔德就站在车旁。这辆奔驰车是阿奈斯的父亲借给他们度蜜月的交通工具。哥特瓦尔德只穿着衬衣，手放在屁股上，往外挺着胸，乌黑浓密的头发向后梳着当时的时髦发型，透着一股子男人味。

阿奈斯喜欢对曼弗雷德讲述他俩相识的过程。当时，哥特瓦尔德来法国庆祝国庆日，就在克洛驰餐厅旁的广场上有一场游行活动。那时虽是七月，天仍热得不同寻常。阿奈斯当时十七岁，她和朋友在分放样品的小摊旁闲逛。两人喝了两三杯苹果酒，微醺。阿奈斯的朋友伊丽莎白看到了哥特瓦尔德，他就站在一个摊位旁，喝着一瓶酒，公然打量着走过他身边的女孩们。伊丽莎白怂恿着走过去跟他谈话。阿奈斯并不情愿，她不习惯跟男性打交道，但伊丽莎白已经朝着哥特瓦尔德去了。伊丽莎白介绍了自己与阿奈斯，阿奈斯就害羞地站在旁边。哥特瓦尔德亲吻了她俩的手，说道“迷人的小姐们”，听着他浓重的口音，两人不禁咯咯地笑了起来。很快，他们一起穿过人群，伊丽莎白欢快地告诉哥特瓦尔德自己的一切。她是个亮眼自信的女孩，阿奈斯甚至怀疑她已经与男人发生过关系了。阿奈斯细细打量着哥特瓦尔德。他不是传统意义上的帅哥，因为他个子不高。但他的某些行为以及发光的眼神吸引了她。显然，哥特瓦尔德基本听不懂伊丽莎白在说什么，但他还是专注地看着她。阿奈斯竟然希望自己的朋友可以停下她的喋喋不休，这样哥特瓦尔德就可以看到自己了。

他们停在一个摊子前，哥特瓦尔德又给两人各买了一杯苹果酒。伊丽莎白去洗手间时哥特瓦尔德终于如释重负，他看着阿奈斯说道：“终于走了，她话太多了，但我期待着下次与你相见。”

阿奈斯大惊。这个黝黑的外国人竟然更倾向她，而不是自己迷人漂亮的朋友，这让她入迷。她自己还没意识到，就同意与哥特瓦尔德第二天再见面，当伊丽莎白回来时，两人默契地保持了缄默。

第二天，哥特瓦尔德与阿奈斯一同在树林里散步，走在树荫下，非常凉爽。他们没有说很多话，阿奈斯也不知道该对男人说什么，就在太阳即将落山时，哥特瓦尔德吻了她。她背靠在树上，沉浸在这个男人的重量与男人味中。她告诉曼弗雷德，自己当时激动得都要晕过去了。哥特瓦尔德不可能得到阿奈斯父亲的首肯，两人的关系只能秘密地发展，但纸包不住火，哥特瓦尔德最终向阿奈斯求婚了。

曼弗雷德十五岁的时候，阿奈斯去世了。去世的前两年，她没有踏出屋子半步，整个人像老年人一样瘦弱。母亲葬礼后不久的一晚，曼弗雷德的外祖父就告诉他，一个男人成长到一定年龄，就要独立生活。两年后，曼弗雷德高考失利，外祖父把他叫到书房。曼弗雷德通常是被禁止进入一楼这个房间的。地板与天花板之间的墙面上记录着法律条文，地板中间是一张大仿古桌。房间里有壁炉，但不到必要时都不得点火，即使是深冬他也拒绝生炉子。他就喜欢戴着帽子、围着围巾、拿着卷宗、抽着烟斗坐在沉闷的屋子里，哈出来的气都可以结霜，这也给屋里的其他人做了榜样。除非是讨论沉重的问题，否则曼弗雷德不会被叫到书房。

进了屋，曼弗雷德就站在书房中间，直到五分钟后外祖父看完最后一页书。曼弗雷德从不介意，他不在乎外祖父对他的态度。

外祖父摘下老花镜，示意他坐下。外祖父脸很长，但五官俊俏，大额头下是一对窄窄的淡蓝色眼睛。他基本秃顶了，脸上还留着几缕坚硬的灰色胡须。在曼弗雷德的印象中，外祖父基本没笑过。

“我跟我的生意伙伴让泰先生谈过了，”外祖父先铺垫了下，“让泰是通用银行的经理，就在米洛斯路上。他同意带你，这也是目前他能做的最大努力了。周一你就去上班，两周后就有薪水。我建议你现在就去找找合适的公寓，第一个月的房租与押金我可以先借给你。”

简短的发言后，外祖父做了一件从未做过的事。他从玻璃橱中的银盘上拿起酒壶，倒了两杯酒。曼弗雷德从没发现那儿有酒壶，他怀疑这是外祖父特意为今天准备的。曼弗雷德从未与外祖父共饮过，更没见过他给自己倒酒。他一般都会招呼女佣做这些事。倒完酒，他甚至亲自递给曼弗雷德，再坐回自己的位子。两个男人(他的举动显然是告诉曼弗雷德他已经成年了)静静地喝完了酒。十分钟后，外祖父站起来，略带尴尬地表示会见结束了。

第二天，外祖母带着曼弗雷德去做衣服。裁缝给曼弗雷德量尺寸时，外祖母坚持要做得稍大点，长胖了也能穿下，这让他很窘迫。不过，曼弗雷德还是很高兴的。穿西装是种庄重的仪式。裁缝镜子中的他不再是那个连自己都鄙夷的不善交际的校园男孩。接着，他与外祖母在一家小餐厅里吃了午饭。外祖母兴高采烈地讲述着这个工作机会多么难得。曼弗雷德知道外祖母对自己的失望，但他没有反驳。因为外祖父不在场，他们喝了一瓶酒，快吃完时外祖母突然哭了，她告诉曼弗雷德随时可以回家吃饭，他的房间也会一直在。曼弗雷德喜欢自己的外祖母，也很遗憾要把她自己留在外祖父身边。他感恩外祖母，告诉她自己一定会定期回来。

周一早上曼弗雷德刚到银行，让泰就把他叫到办公室。他身材圆滚，面色红润，留着一圈络腮胡。他穿着过时的套装与灰绿色的羊毛衫。为了营造一种真切温和的氛围，他会有力地同客户握手，并拍着他们的后背，好像是长时间没见的朋友一样。他会习惯性地拍拍女同事的屁股，喜欢暧昧地暗示她们的打扮或是周末活动。他无所谓年龄或美丑，当然也不想冒犯谁。一开始，曼弗雷德很惊讶自己的同事脾气竟然好到可以容忍这种行为，很快他就发现他们暗地里给老板起了许多难听的外号。曼弗雷德不能想象，外祖父怎么把这种人当成“合作伙伴”。

让泰带着曼弗雷德走进自己的办公室，两人坐在真皮座椅上，让泰兴高采烈地感叹曼弗雷德这样聪明的年轻人的加入是多么令人高兴。

“坐下，我的男孩，快坐下。”他劝道，“你的西服真不错，不过有点大，这就是你们这些年轻人的风格吧。我太土了，反正我妻子就这么说。但是品质永不过时，对吧，你觉得呢？哈哈。”

“当然了。”曼弗雷德回答。

“现在，这个时刻需要来杯酒，对吗？”虽然还不到九点，让泰就从座位之间的桌子上拿了瓶酒。他倒了两大杯酒，以预祝二人关系长存。曼弗雷德抿了口酒，感觉自己似乎进入了一个旧时的饮酒社会。

让泰继续说道：“为了关系祝酒很重要，这也是你需要学习的。我有很多东西需要教你，经营银行并不单单关乎钱，不，关键根本不是钱，而是人。”他停下来，意味深长地看了曼弗雷德一眼。

突然间，好像有片云遮住了让泰的脸，他放下酒杯靠在椅子上，叉着手放在肚子上。曼弗雷德也放下了酒杯。

“现在，”他以更严肃的口吻说，“你的外祖父，一个优秀的人，告诉我你高考失利了。这不是什么骄傲的事，一般我也不会考虑录取一个思想跟不上的人。”说到这里，他敲着额头，“不过，你外祖父跟我确定地讲你是个聪明的年轻人，我相信他，也相信你不会让我失望。”

他严肃地点着头，接着举起酒杯，示意自己说完了。

“学历很重要，但更重要的是努力工作以及一双善于发现人类行为的眼睛。我自己就是个敏锐的观察者，听我的，跟我一样，观察学习，一定能走得很远。”

他贴近桌子，示意曼弗雷德也靠过来，他有悄悄话要告诉曼弗雷德，“这是咱俩的悄悄话，我打算这几年就退休。那些外面的草包，”他指着门，“一点脑子都没有。他们就是些野猴子，就喜欢八卦，满足于月终的薪水。但像你这样聪明的年轻人，穿着这么好的西服，如果可以合理利用自己的资源，用不了几年就可以坐在我的位子上。我的孩子，你觉得呢？”

曼弗雷德努力压制住自己的冲动，他差点脱口而出说自己宁可跳进莱茵河，也不愿意在圣路易斯通用银行多工作一秒。

他说：“我非常高兴自己有这个机会。”

当天，曼弗雷德就询问克洛驰餐厅楼上的公寓，不巧的是公寓被餐厅的新老板与妻子买下了。他只能暂住在米洛斯路的公寓里。

第三章

Chapter 3

周四是个赶集的日子。中午十二点半，克洛驰餐厅里就挤满了人。曼弗雷德认得大多数客人，看到他的人要么对他点头示意，要么就做口形“天气真好”。这也是他与那些常客的交流方式。每天都在餐厅吃午饭的人，就像火车上的通勤者一样，都意会交往的界限。曼弗雷德就坐在角落里玛丽为他预留的位子上。菜单每周轮换一次，有两道前菜、两道主菜、一道特色菜可供选择，还有甜品与咖啡。二十多年里，菜单几乎没换过。周三的特别供应是砂锅炖菜。曼弗雷德几乎每个月都会打趣帕斯特，让他换菜单。“你没看到意见箱吗？”帕斯特每次都这么说。

阿黛尔来到曼弗雷德桌前下单。一见到她，曼弗雷德就有种莫名的激动。

“你好，阿黛尔。”他看着阿黛尔，试图找到昨晚两人之间那种微妙的感觉。

“先生。”阿黛尔平静地说。她盯着笔记本，压根儿没抬眼，还没等曼弗雷德开口，她就读起了周四菜单（洋葱汤、砂锅炖菜、焦糖布丁）。曼弗雷德打算通过突然换菜来引起她的注意。阿黛尔厌倦地转身时，曼弗雷德突然庆幸自己没有这么做，不然只会把帕斯特招过来，问他为什么要换菜。曼弗雷德想象着自己大喊:“我就是想换！”接着再推倒桌子，咆哮着走出餐厅，边走边把其他客人的酒杯摔到墙上。

他翻开报纸，打开财经专栏，空洞地看着专栏上的股价。阿黛尔把汤端了上来，但丝毫没有表示出二人之间的亲密。或许等她上主菜时，他可以问问她那晚过得如何，还可以打听那个年轻人的情况。这么说没什么不对吧？毕竟他看到他俩在一起。这么说自然吗？曼弗雷德已经喝完了随餐酒。汤里水很多，但没有加调料。

客人们你来我往。生意忙的时候，克洛驰餐厅就像是加满油的机器。玛丽总会停在常客桌旁聊两句，但她的双眼总是不停地扫来扫去，寻找空盘或是准备买单的客人。坐在吧台后的帕斯特只需要指挥调度，餐桌就会马上变得干净有序。餐厅总会传来一阵嘈杂，伴随着喊声一道道菜递了出来。客人们嘴里塞满食物、大声说话，他们一般先不要咖啡，而是等着与甜点一起喝。阿黛尔闷闷不乐地给其他客人下单。她慢慢地走着，脚步沉重，好像一只即将去挤奶的奶牛，但她的效率却不次于忙碌的玛丽。

阿黛尔在取菜的路上收起汤碗，另一只手上托着其他桌上的餐盘。这也不是跟她交流的时机，但是在她转身时，曼弗雷德说道："阿黛尔，要是不麻烦的话，我想换成酸菜炖熏肠。"

真的引起了她的关注！阿黛尔转身说道："没问题，先生。"她依旧面无表情。在她转身回厨房后，曼弗雷德只能感叹她的冷漠。

"还有阿黛尔，"他提高声音继续说，"再加一杯酒。"

他必须把杯子递给阿黛尔，但她根本没有反应，看着她开门走进厨房，曼弗雷德可以想象她说自己换菜，还要再加一杯酒的语气。他背靠在凳子上，观察着餐厅里的其他客人，他们压根儿没注意到刚刚如此重要的时刻。

曼弗雷德等着帕斯特过来问他是不是不再喜欢砂锅炖菜了。但帕斯特没有来，而是一直在吧台后倒酒，似乎一切都很正常，他甚至都没看曼弗雷德。

阿黛尔端着菜来了，她说:“好好享用。”

猪肉很肥，还炖过了火候。酸菜则太辣了。他怀念玛丽做的焖肉。砂锅炖菜是曼弗雷德每周最喜欢的菜，但这不重要。他把菜都吃光了，自己换的菜要是剩下，就显得很白痴。他把第二杯酒也喝了个精光，靠在凳子上，油然而生一种深深的满足感。

回到银行，酒劲上来了。他趴在桌上昏昏欲睡，便让秘书给自己倒了杯咖啡。一个白发苍苍的农民来申请延长还款期限，他讲述着超市施加的压力、不平等的市场条例，还有改变法式生活的威胁，曼弗雷德似听非听地听了十五分钟，接着扫了眼农民的档案,他发现过去的十年农场一直在亏损。他批准了三年的宽限期，这也是最大宽限了。农民激动万分，曼弗雷德觉得他都要感动得痛哭流涕了。

可怕的周四晚上来了。曼弗雷德像往常一样到了克洛驰餐厅，坐在吧台的位置。他点了第一杯酒，一饮而尽。勒梅尔与克罗杰坐在自己的桌子旁。伯蒂还没来。透过吧台后的窗子，曼弗雷德看到勒梅尔掏出了扑克,随手洗了牌。伯蒂终于来了,他脱下夹克，挂在椅子靠背上。这时候玻璃瓶的酒已经下了三分之二,三个人低声说了一会儿，勒梅尔便招呼着:“瑞士人，过来打牌了！”

曼弗雷德总是等着这一刻的召唤。他没理由不加入他们，当然他也没拒绝过。他已经习惯了这种荒谬的装腔作势，所以每次勒梅尔一喊他，他都会表现得很惊讶，仿佛自己忘了今晚的牌局一般。

曼弗雷德端着酒杯坐过来。三个人还是坐在老地方，所以他只能坐在那个逝者的位子上。他们不会讨论谁跟谁搭档，任何调动都会引起位置的变动。每次都是曼弗雷德与克罗杰一组，勒梅尔与伯蒂一组。克罗杰牌技不佳，读不懂曼弗雷德的暗示，出牌时也总是畏首畏尾。勒梅尔与伯蒂习惯了明目张胆地作弊：摸鼻子、咳嗽、敲桌子。这些暗示太过明显，曼弗雷德可以轻而易举地识破。他们或是故意把牌摊在桌上让他看。虽然克罗杰牌技不佳，他们还是会赢。有一次，勒梅尔甚至谴责曼弗雷德作弊。大多数时候，勒梅尔与伯蒂只会摇摇头，感叹对手的好运。

阿黛尔端来了一瓶酒，还有一杯是曼弗雷德的。她弯腰时，曼弗雷德偷瞄了一眼她的乳沟，又想到了前晚的年轻人。

每逢周四，他们会喝三瓶酒。曼弗雷德要确保自己的喝酒速度与他们同步，省得被埋怨喝太多，或是喝太慢。牌局结束前，曼弗雷德把小费放到桌上，接着会被当日付钱的勒梅尔侵吞。勒梅尔三人每周轮流付钱，曼弗雷德当然可以跟帕斯特商量，停止这种尴尬的小费仪式，但他从没要求过付钱，这么多年过去了突然提议似乎会很怪。帕斯特一定会问:“为什么,难道你没建议过?”曼弗雷德没法回答，他怎么能说自己没想过，这个想法每天都有。

勒梅尔在信封背面画上了打分表。自勒费夫尔死后，勒梅尔成了“四人帮派”的实际领导。他身上夹杂着发胶气味与汗味，宽厚的脸上时常带着蔑视，常常高声责难移民等一些在他看来令人烦恼的群体。“瑞士人，你的观点没错。让土耳其人与犹太人滚出去!”他告诉曼弗雷德。他总是娘娘腔地长篇大论，不时地打着手势，似乎在向自己的追随者播撒智慧的种子，看起来有几分滑稽，还有几分威慑。曼弗雷德偶尔也会与勒梅尔辩论，每次勒梅尔的诽谤失控时，就只能由帕斯特出面打断。

分好牌后，勒梅尔与伯蒂就开始不停地咳嗽、敲桌子，曼弗雷德摸索出这两个动作的意思是他们没有黑桃。他有连串的黑桃，所以猜测克罗杰至少有一对人头牌。他完全忽视了克罗杰两个红桃的开局之策，直接出了六个黑桃。

“你怎么会这么出?”勒梅尔说道。

曼弗雷德耸耸肩，对他俩的作弊行为不以为然。

“有必要一下子出这么多?”勒梅尔说道，“黑桃还是赢不了人头牌的。”

牌局照着这一局势继续进行。曼弗雷德偶尔还会放水，让勒梅尔引领牌局。

甚至连克罗杰也可以偶尔领先，曼弗雷德看着阿黛尔招呼客人，她的举止不再那么漠然，还能与顾客闲聊几句，身姿更加挺拔，好似身上的煤炭从背上卸了下来。曼弗雷德想，她一定与摩托车男孩恋爱了。他没有为阿黛尔感到高兴，而是有点嫉妒年轻人，那些用一辆摩托车、几句粗俗的赞美就能赢得女孩芳心的年轻人。阿黛尔拿着当晚最后一瓶酒走了过来。

曼弗雷德不假思索地说："阿黛尔，你今晚真漂亮。"

其余三人瞬间静止。伯蒂正准备出牌的手停在半空中，他们三个相视一望，等着勒梅尔的指点。勒梅尔放声大笑，其余两人也突然跟着笑了起来。曼弗雷德脸羞得通红，直直地盯着桌子。

"我的女孩，自己看看那儿，"勒梅尔边笑边说，"我们的瑞士人真是殷勤啊！"

阿黛尔没有恼火，冲着曼弗雷德微微一笑，就端着空瓶子回到了吧台。

最后，曼弗雷德向其他三人道了晚安，离开了餐厅。还好，打完了牌阿黛尔还在收拾卫生，最后一瓶酒也喝光了，他松了口气。他相信阿黛尔一定与年轻人约在那个小公园外。的确，年轻人就在那儿，抽着烟，靠在摩托车上。

这次曼弗雷德可以仔细打量他，他不过十八九岁，发丝柔顺，面孔洋溢着青春活力，好像还没开始刮胡子。曼弗雷德一边向前走，一边想着年轻人是否会认出自己，反正他没有任何反应，既没有眼神交流，也没有转移视线。他有一对蓝眼睛，嘴唇微薄。他看起来也不像是随便恋爱、轻易分手的年轻人，不知为何，曼弗雷德竟然有种放心的感觉。

曼弗雷德走过时，年轻人吸了口烟，他用拇指与中指夹着烟，看起来很奇怪。吸烟还真是做作，曼弗雷德心想要是有一天到了床上，年轻人肯定也这样青涩。让曼弗雷德高兴的是阿黛尔没有爱上甜言蜜语的罗密欧。他继续穿过小公园，向公寓走去。突然，他停下来，转过身。后来一想，连他自己也搞不清为何这么做。他压根儿没提前想过，也没做任何决定，那只不过是一瞬间的冲动。

在小公园的尽头有一座公寓楼，就在小道的背面。曼弗雷德慢腾腾地走到公寓大门，接着躲到了灌木丛里。年轻人一直望着阿黛尔走来的方向。曼弗雷德并不担心自己被发现，即使年轻人回头，也看不到藏得如此隐蔽的他。年轻人抽完了烟，看了看表。又过了几分钟，曼弗雷德开始猜测年轻人在做什么，都等了这么久，他肯定不会走。如果要走，他肯定得弄出点声音来。

阿黛尔终于出现了，她慢慢地走在人行道上。年轻人举起手示意，阿黛尔虽然也冲他挥手，但并未加快步伐。曼弗雷德疑惑为何年轻人不在酒吧外等她，一定是出于某种原因，他们不想被人发现，或许是他的父母不同意这段关系，因为阿黛尔是个孤儿？或者是离家出走？当然这只是他的猜测，毕竟她的自卑似乎暗示着她身世的孤独。

与前晚不同，他们一见面就热情地拥吻，年轻人用右手抱着阿黛尔，阿黛尔坐在他大腿上，一手搂着他的脖子。曼弗雷德感觉到自己激起的性欲。他们分开后，年轻人给了阿黛尔一支烟，接过烟后，两人上了摩托车，阿黛尔搂着年轻人的腰，由他带着自己在路上驰骋。就是它，这就是曼弗雷德偷偷停下来的原因。他突然担心别人发现他监视这对情侣，便匆匆离开。不过当时已是深夜，圣路易斯的大街上已经空无一人。

第四章

Chapter 4

周五，曼弗雷德依旧点了芥末酱内脏香肠与土豆泥。阿黛尔却没来上班。曼弗雷德很失落，这才发现自己竟然期待着见她。帕斯特心情也很糟，阿黛尔不来，点单的就成了他。他态度鲁莽，用铅笔敲着本子等客人点菜。曼弗雷德没问他阿黛尔怎么没来，也没让他给自己加满水。帕斯特的坏脾气影响了整个餐厅的氛围。客人们一般不会在午餐时逗留，但今天吃饭的速度明显比平常快。以前人们得提高嗓门才不至于埋没在盘子咔嗒声以及热切的交谈声中，但今天的气氛显然很压抑。吃完桃子派，曼弗雷德迅速付钱离开，这离他上班还有十五分钟。他实在是无所事事，只能回到银行，但根本没人在意。

晚上，阿黛尔还是没来。餐厅很安静，帕斯特还是坐在吧台后，他的坏心情似乎有所好转。喝到第二杯时，曼弗雷德忍不住问帕斯特阿黛尔怎么没来，以一种听起来正常的语气。

帕斯特耸耸肩："她中午就没来，所以晚上也没来。"

"病了吗？"

"伙计，我也是这么想的。"帕斯特回答。

曼弗雷德忽略了他草率的语气。

"她没打电话吗？"

帕斯特没好气地抬起头，他已经把他想说的都说了。玛丽从厨房走出来时，曼弗雷德想问问她，转念一想，还是算了。人们一定想为什么他突然会对服务员感兴趣。连帕斯特都不在意，他为何管闲事？他为什么好奇？阿黛尔工作的几个月，除了偶尔想想，他没别的想法。他没想过她住在哪里，空暇时做什么，或者她在想什么。

玛丽把勒梅尔桌上的最后一瓶酒送过去后，就开始清理吧台。这本是帕斯特的工作，但他觉得自己白天已经超出了工作范围。

"今天很忙啊，玛丽。"曼弗雷德说。

"是啊，鲍曼先生。"玛丽说完就进了厨房。曼弗雷德终于喝完了最后一口酒，比以往喝得都慢。几分钟后，玛丽从厨房走出来，但她没有在吧台逗留，而是收拾桌子，为明天做好准备，才能上楼休息。曼弗雷德付钱，离开。

第二天下午三点左右，曼弗雷德正坐在厨房的桌上读侦探小说，突然有人敲门。他有点吃惊，从没人去过他家，即便有人来，也会摁公寓大门的门铃。他思考了片刻，可能是邻居放进来的民意调查人或是传教士。他屏住呼吸，耳朵贴在门上去听敲门人走开的脚步声。紧接着，又是一阵急促的敲门声，连续的敲门声好像是外面的人知道曼弗雷德就在屋里。曼弗雷德轻轻地推开椅子，小心翼翼地走到过道上，听了一会儿，他从猫眼看出去。

一个满头灰发的男人站在门外，他狭长的灰色眼睛直勾勾地看着门。曼弗雷德认识他，是个警察。曼弗雷德开门后，他亮出了自己的警官证，他肯定早就拿在手里做准备：“我是圣路易斯警局的调查官戈尔斯基。”

“知道了。”曼弗雷德说。

戈尔斯基四十多岁，他身材健壮，正常身高，穿着青灰色西服、深蓝色衬衣，系着同一色系的领带，左胳膊上还搭着一件浅色雨衣。他没认出曼弗雷德。曼弗雷德伸出手，又放下来。普通人应该和警察握手吗？

“我可以跟您谈一下吗，鲍曼先生？”

警察知道自己的名字，没什么好惊讶，曼弗雷德的名字就刻在门口的小银牌上。

“没问题。”

曼弗雷德等着警察发话，停顿了片刻，这才意识到对方在等着进屋。他站开让警察进屋。戈尔斯基感谢完，就沿着窄道走进厨房。先是戈尔斯基走在前面，接着曼弗雷德绕到前面，引他进厨房。过去的几年，曼弗雷德一直雇着清洁工，但他实在受不了别人在自己家到处走，这让他很不舒服。清洁工的工作量也因为曼弗雷德的洁癖变得很小。只要吃完饭，曼弗雷德就要洗碗收拾，把东西放回原处。之前，清洁工还会用吸尘器吸一下一尘不染的房间，洗衣熨烫，做曼弗雷德不喜欢的事。只要一想到她给自己铺床，洗叠内衣，他就觉得尴尬。清洁工去世后，曼弗雷德松了口气（他不会解雇她），之后的四年就没什么人到过他的公寓。每个周日的下午，曼弗雷德就会到地下室的洗衣店洗衣服，他虽然不喜欢，至少可以打发周日的时间。

两个男人面对面地站在厨房里。曼弗雷德觉得警察在打量自己，他灰色的双眼中似乎闪过一丝熟悉，毕竟像圣路易斯这样的小镇，打过照面很正常。的确，虽然方向相反，但曼弗雷德每天上下班都会经过克洛驰餐厅，要是警察没见过他，那才奇怪呢。

曼弗雷德感觉这一切就像演电影一样，接下来警察就该说:“您还没问我为什么来此。”接着，他马上就会成为怀疑对象。不过，事情可没按照剧情发展。他虽然疑惑戈尔斯基来此的原因，却在某种程度上也期待着戈尔斯基的到来。他应该礼貌地问:“有什么可以帮忙吗?”或者直接猜测戈尔斯基的到来是不是与服务员有关。戈尔斯基似乎没发现他的不安，这一定是习惯了人们在警察到访时的尴尬。的确,表现得轻松自然好像是习惯了同法律打交道，更容易被人怀疑。

戈尔斯基把手放在曼弗雷德刚坐的椅子背上:“我可以坐这儿吗?”还没等曼弗雷德回答，他就坐下了。

曼弗雷德询问警察要不要喝杯咖啡，戈尔斯基谢绝了，曼弗雷德坐在桌子对面，其实他更想去煮咖啡。戈尔斯基没有缓解紧张的气氛，他拿起了曼弗雷德刚读的书，细细审阅。曼弗雷德略带歉意地笑着，他是不是该告诉警察自己更喜欢赏析文学。或许，这个警察只读侦探小说，或者压根儿不看书，还会觉得自己是个势利小人。无论怎样，周六下午读本畅销小说，又有什么过错呢?

戈尔斯基小心地把书放在桌上。

“我不会占用您太多时间。”虽这么说，但他完全没有着急的意思。

曼弗雷德叉着的手放在面前，压制自己的烦躁不安，他知道自己没给警察留下什么好印象。

戈尔斯基突然推开凳子，站起身。曼弗雷德知道他要开始调查了，但他自己根本站不起来。

“我在调查阿黛尔·贝多的失踪案。”戈尔斯基说道。

“失踪？”曼弗雷德很高兴自己说话的语气，好像自己真的非常惊讶。他心里暗暗想，还好刚刚没有提到阿黛尔。不过是一个女孩没上班，也没告知自己老板缺勤的原因，并不能代表有意外发生。

戈尔斯基耸耸肩说：“‘失踪’或许太夸张了。几天前她还在，但现在她不在了，也没人知道她去了哪儿，所以她一定是失踪了。”

曼弗雷德点点头。

“你认识阿黛尔吧？”

“是的。”曼弗雷德说道，否认的话简直就是不打自招，“她是餐馆服务员，我常去吃午饭。”

“你们俩的关系就这样？”

“我不确定用关系这个词形容是否合适，我刚刚才知道她姓什么。”

他终于觉得放松了点。戈尔斯基好像不准备给他施加更多压力，他坐了下来。

“她是服务员，你是客人，就这样？”

“是的。”

“你在餐馆之外从没见过她？”

“你说的是社交场合？”

“差不多吧。”

曼弗雷德慢慢摇了摇头，好像是在仔细回忆一样。

戈尔斯基好像相信了。

“阿黛尔周四下班后就没再出现过，之后你见过她吗？”

就是周四，他在小公园里偷窥阿黛尔与那个年轻人。曼弗雷德不想卷入犯罪调查，但他看到的可能是案件的关键。如果年轻人是阿黛尔失踪的嫌疑人呢，是不是只有自己见过他俩一起，但他刚刚还说自己没在餐馆外见过阿黛尔，要是现在反驳可不明智。

“没有，”他说，“我没见过。”

戈尔斯基点点头，好像他已知道曼弗雷德的回答。他是不是已经知道曼弗雷德在周四的晚上见过阿黛尔？

他突然站起身：“我就不打扰您了，先生。感谢您的配合。”他递给曼弗雷德一张名片，告诉他想起了什么可以与自己联系。

曼弗雷德看着戈尔斯基勉强从窄过道走出去后，便转身坐到了厨房椅子上。说谎太傻了，警察让他不安，即便他说出周四晚上的所见又何妨，不过就是描述下那个年轻人，还有摩托车开走的方向。他不需要提到自己在公园边上逗留。不过他已经掩饰了证据，要是被人发现，他一定会成为被怀疑的对象。

戈尔斯基走后，曼弗雷德坐上了驶向北部的火车，面朝着窗。他如果刚刚给戈尔斯基打通电话，假装自己突然想起来周四晚上的事情，是不是可以搪塞自己的掩饰？不管怎样，如果再来一次，他会不会依旧那么做？暴露自己的所见对他有什么好处？一定会有更多的问题接踵而至。他会卷入调查，但他不喜欢参与任何事。还有何时，真相才会大白？他该不该坦承自己对阿黛尔的一见钟情，但这感情不过是因为阿黛尔对男友掩饰他俩的熟识，他又该不该告诉戈尔斯基自己在餐厅窥视阿黛尔工作，像个学校男孩一样，想要一瞥她的蕾丝胸衣。

去西蒙之家前，曼弗雷德去了车站附近的一家大型啤酒店，服务员认得他，向他微微抬头问好。与平常一样，曼弗雷德点了份蘑菇煎饼配薯条，半杯啤酒。三个男孩两个女孩就坐在旁边靠窗的桌上，他们时髦地系着围巾。曼弗雷德翻开了桌上的书。他没看书，反而以一种人类学家的神情打量着那几个学生。他们完全忽视了他的存在。曼弗雷德听不清他们说什么，不过显然，男孩们都企图用自己的慧言慧语吸引女孩们的注意。过了一会儿，又来了一个女孩，他们相互握手亲吻问好。新来的女孩极其漂亮，两个男孩毫不犹豫地把注意力转移到了她身上。其他的女孩自己聊着天，曼弗雷德觉得自己好像目睹了一场无情的进化仪式。

付了钱，他经过学生们的桌子，放慢了脚步，吸了一口漂亮女孩的香气，然后走到门口，他们都没有关注他。

上车前，曼弗雷德总会在西蒙的店喝几杯酒，店里清闲时，他总会坐在角落，观察其他的客人。店里的照明只有吧台后的几盏灯与桌上的蜡烛。西蒙女士坐在吧台尽头的高脚凳上，端着一杯酒，不停地抽烟。吐出的烟圈在吧台后灯光的照耀下摇曳，接着就融入了空气中。她五十岁左右，穿着黑色低胸紧身裙，鼻梁挺拔、嘴唇红润、双眼熠熠，涂着厚重的睫毛膏。她总会热情地欢迎曼弗雷德，叫他亲爱的，亲吻他的两颊。她如此对待每个客人，但曼弗雷德总会被她的热情触动。西蒙从来不分酒，这是酒吧女服务员的工作。来了这么多次，曼弗雷德从没见她喝过一口酒,她端着酒杯不过是制造一种错觉,好像客人来的不是公共酒吧，而是特邀与女主人共饮。西蒙偶尔也会坐在一桌男人身旁，优雅地同他们聊几句。

西蒙之家在地下室，从外面看也没有任何标志，这不是妓院，至少曼弗雷德这样认为。进来喝杯红酒（不供应啤酒）然后离开还是非常怡情的。女孩们不会走过来让客人给她们买酒，有想法的客人简单示意西蒙即可。往往这时，曼弗雷德就会关注西蒙的眼神，她会轻轻点头暗示一切已安排妥当。

酒吧右手边的门连着三个房间，里面家具齐全，好像真的卧室一样，有书柜、梳妆台，还有许多女性杂志。曼弗雷德走过去，西蒙会告诉他可以进哪间。屋里的女孩是新来的，至少曼弗雷德没见过。她一头金发，年纪不大，十八九岁。曼弗雷德背靠墙站着，每次女孩进屋时他都是这个姿势，抿着嘴，冲女孩微笑。

“晚上好，先生。”女孩说。她说话带着东欧口音，曼弗雷德觉得她应该是匈牙利人。他曾经看书上说欧洲最漂亮的女孩在布达佩斯。他没有问她的名字，或是家乡。虽然曼弗雷德是西蒙的老主顾，但他一直都觉得这是种窘迫的交易。即便同女孩们在一起，他还是觉得很尴尬，不知道她们会不会在背后嘲笑他，或是向西蒙找借口，不来伺候他。新来的女孩站在门口，有点不知所措。

“西蒙女士有……”曼弗雷德想问她是否知道要做什么，但他话说了一半，希望女孩可以悟到。

“是，先生，我知道。”她说。她很漂亮，似乎对这种情形也习以为常。她走到了房间中央的床边，脱光衣服躺在床上，姿态挑逗。

“腿放好。”曼弗雷德说道。他后悔自己有点草率，但他不想多说，毕竟自己的指示很难堪。

“好的，先生。”她说。

“把胳膊放在身体两侧。”

女孩照做。曼弗雷德心想，这不过是今晚一系列无礼举动中的一部分。他和衣趴倒在女孩身上，双手搭在女孩肩上，望着她的双眼。她面无表情，或许带着些许厌烦。至少她没像其他女孩一样假装享受。夸张的呻吟或鼓励总会打扰他的兴致，不过他也不敢让她们闭嘴。几分钟后就完事了，曼弗雷德起身，面对墙坐在床边，从钱夹中摸出一张钱，低着头递给女孩。这是小费，他已经给西蒙付过钱了。曼弗雷德不知道自己算不算豪爽，也不知道其他客人会不会留下小费。他不想表现得吝啬，也不想太过招摇，他只不过是给女孩刚刚的不爽一点补偿。其实，他知道虽然自己的举动很怪异，但对女孩而言，能赚钱就行。他给的小费与付给西蒙半小时的价格一样，他知道女孩还要与西蒙五五分账。小费的金额从来没变过，无论女孩表现如何，因为他不想让女孩觉得自己对她们的服务不满，其实就是想给她们留个好印象罢了。

"谢谢。"女孩接过钱。

"谢谢。"曼弗雷德看着女孩说。女孩知道交易结束了，就离开了屋子。整个过程不过十多分钟，曼弗雷德站起来，穿好裤子，坐在床上，平静自己的呼吸。

他回到了酒吧里。西蒙问："还满意吗？"

"不错，谢谢。"曼弗雷德每周都这么说。

他坐回角落的座位上，点了最后一杯酒。这是每周曼弗雷德最享受的时刻。

他现在感觉很放松，金发女孩从后面走出来，看到了坐在角落的曼弗雷德，她冲他微微一笑，好像刚发生的事再寻常不过。曼弗雷德喜欢她，她很好。半小时后，曼弗雷德离开酒吧，去搭乘回圣路易斯的最后一趟火车。

第五章

Chapter 5

曼弗雷德曾看着外祖父用了近十分钟才装好烟袋。近来，这个老人的手抖得更厉害了，但曼弗雷德知道任何帮助只会遭到冷落。他们坐在露台上俯瞰着楼下的花园，等着享用周日的午餐。几分钟后，外祖父终于点着了烟斗，吸了一口，他脸上露出了满足，但紧接着就是一阵咳嗽。站在床边看护他的护士走过来，手里拿着氧气面罩，但她只是站在一旁，看他艰难地呼吸。她不赞同外祖父抽烟。外祖父的烟有一股暖暖的坚果味，却又提醒着曼弗雷德自己悲惨的少年时代。

母亲死后，曼弗雷德就像是外祖父家里的房客。青年时的他长得很快，但他不能适应自己的身高，还有因此招致的不友善的关注。慢慢地，他就开始弓背，外祖父看他走路贴墙的样子，给他起了个外号“活死人”。在学校，他孤立自己，不愿与人交往。有那么一两次，他克服生理与社会压力，为自己挺身而出，校园欺凌者也只能找其他软柿子捏了。他也知道，双亲早逝在自己周围建起了一重屏障，所以无论是想嘲笑他还是想与他结交的孩子，都很难靠近他。

曼弗雷德开始期盼有个伴儿，跟自己一同讨论学校的女生，或者坐在屋里听磁带、探讨喜欢的作家。这个朋友可以邀请自己去他家，他会受到男孩家人的欢迎，男孩的母亲会在周日做一顿丰盛的午餐，父亲则会带着男孩们去钓鱼或是徒步行走。有的孩子确实可以成为这样的伙伴。从他们站在人群边缘，偷偷从书包里抽出课本，或是毫不起眼地存在，曼弗雷德可以发现很多与自己相似的人，曼弗雷德只是不知道如何打破沉默，跟这些笨拙的人交往。

曼弗雷德当然也迫切期待着同女生做朋友，但只要一跟异性讲话，他的脸就憋得通红。所以他避免与女孩接触，但他醒着的时候，满脑子都是她们。他在学校偷偷观察她们，回家路上就走在她们身后几米之外，听她们欢笑，研究她们打扮穿衣的细节，倾慕她们双腿自然的线条。他喜欢各种性幻想，做梦自己有一天可以被女孩介绍给她的家人，他的举止一定得礼貌庄重，家长们一定觉得他是个前途大好的有为青年。曼弗雷德最想与女孩手牵手在树林里散步，她会叫他“阿曼”，就像母亲那样。

高考前的那个暑假，曼弗雷德更加孤僻了。他也想过与人交往、从床上下来，走出外祖父母的屋子。但曼弗雷德整日把自己关在屋里，躺在床上，望着天花板。他的外祖父母似乎不在意他如何度日。他贪婪地读书，沉迷在加缪、萨特的文字中，陷进萨德侯爵的恐惧里。故事越黑暗，他就越沉迷。有时，他会写篇读后感，但写完就撕掉一切，为自己陈腐的文笔感到困顿。如果外祖母喊他一起出门或是帮着在花园干点活儿，曼弗雷德会同意，但却面无表情，外祖母最后只能放弃，让他做自己的事情。吃饭时也总是静得吓人。

曼弗雷德开始考虑外祖父给他起的外号，他相信自己活在黑暗中，走路轻声，享受着老房子的阴暗，还喜欢吓唬女佣。他幻想着溜进女孩的屋子，亲她们的脖子，看到她们在情色幻想中醒来，像他一样喜欢生活在阴暗中。

曼弗雷德的外祖父目视前方，因为咳嗽，他淡灰色的双眼蒙上了一层泪，看起来极为忧伤，他的烟抽没了，花园里长满了杂草。

退休的十五年来，他都没有找园丁，坚持自己照顾花园，但是疾病夺走了一切。常春藤爬上淡黄色的墙一直到了花园的尽头。连着树林的木门也坏了，门框生锈了，淡蓝色的漆也已脱落，就这样把树林暴露在眼前。

曼弗雷德主动要给外祖父点烟，令他惊讶的是，外祖父竟然把烟斗递给了他。曼弗雷德忽略了护士厌恶的表情，拿着烟斗装满后递给外祖父。外祖父简单地说了声谢谢，但却没有吸烟。曼弗雷德不喜欢这个老人，就像这个老人也不喜欢曼弗雷德一样。他现在的生活好像满是恶意，就连烟斗都不能给他带来快乐。曼弗雷德还是坚持每周日的午餐仪式，他只是不想让外祖母失望。

女佣出现在露台门口,告诉他俩要开饭了。曼弗雷德松了口气，他让护士推着外祖父以及他的医疗设备到了餐厅。曼弗雷德一直不习惯女佣站在身边。他的外祖母一直在抱怨找到心仪的人有多难。现在的女佣是个西班牙人，午餐时，他的外祖母一直在纠正她的错误，尽量放慢语速，像孩子一样，接着再向曼弗雷德抱怨，好像她根本不在场。曼弗雷德一直盯着面前的饭菜,偶尔喝两口水。他想喝杯酒，但外祖母家的午餐是禁酒的。外祖父禁止白天饮酒，当然他禁止的事情还有很多。外祖母吃着饭一直在喋喋不休，曼弗雷德猜测她是不是在厨房喝了烈酒。他努力迎合话题，只是不想让午餐在宁静中度过。吃完了甜品，他终于可以走了。

当天下午，曼弗雷德带着脏衣服去了公寓地下的洗衣房，不知道谁落在洗衣机中一件外套。他拿起来，那是件淡蓝色半透明的褂子，手指摸上去，质地不错，应该价格不菲。他能闻到洗衣液味儿，应该是薰衣草味，老女人喜欢的味道。曼弗雷德抑制不住地想把头埋进外套中，吸入衣服的香气，但又担心衣服的主人找来，看到自己。他只能整齐地叠起来，放在干衣机上。

曼弗雷德去取出洗衣机里的衣物，放在干衣机中，并把温度调到最高，接着坐在门口的凳子上打开书，却不能集中注意力。他是不是应该回到公寓，给褂子拿个衣架，它的主人肯定很感激。但是，曼弗雷德也不喜欢把衣物留在地下室，不是怕被偷，而是衣服洗完了，另一个住户肯定要把它们取出，他可不想陌生人动自己的衣服。也正因如此，他只在周日下午没人的时候来洗衣服。其他的住户周末肯定有其他活动，才不会拿大好的时光来干这苦差事。但曼弗雷德还是把内衣收拾得很像样，万一得当着别人的面取衣服呢。

曼弗雷德想了想还是不拿衣架了。他也没有随意丢开褂子，而是整齐地叠好，不过要是他上楼的时候衣服主人过来，他就不能得到赞赏了。那个女人说不定还会羡慕他叠衣服的技巧。曼弗雷德伸出头看了看走廊外，但没人过来。他起身把褂子更细地叠了一遍，轻轻地用手抚平。接着他又坐下来，拿起书，还是那本警察到访时的侦探小说。

洗衣机停了，曼弗雷德把衣服拿出来，叠好放进洗衣篮中。他的公寓里没有晾衣服的地方，他也不喜欢衣服晾在电暖器上的样子。他纠结着自己要不要等着褂子主人来拿衣服，或许她根本没发现掉了衣服。或者他把衣服拿到自己公寓，在干衣机上留张字条。这个主意不错。他把剩下的衣服堆在篮子里，把女士褂子放在最上面，为了不碰到女主人，他走楼梯回到家。他找了纸笔，坐在厨房的桌上写字条。他得让语气看起来自然。也无须过多解释，他必须让自己看起来像是下意识的举动。写了三四张后，他终于表达出了自认为最自然的语气：干衣机中见到了褂子一件，请联系公寓四楼。跟着署名：曼弗雷德·鲍曼。

曼弗雷德走楼梯到了地下室。地下室过道灯亮着，他可以听到有人在洗衣房移动东西。一个女人正俯身看着干衣机，她穿着牛仔裤，褪色的蓝 T 恤，脚蹬棒球鞋。她金棕色的长发绑着马尾，没注意到曼弗雷德的靠近。

“不好意思。”他轻声说。

她吓一跳，转过身。

“不好意思，”曼弗雷德说，“我不是故意吓你的。”

“晚了。”女人说。她很苗条，四十岁左右，颧骨很高，面色苍白。她有着灰色的眼睛，眼角有几条细纹。曼弗雷德从未见过她。她继续回过神看洗衣机，打开洗衣机盖，翻动着洗衣滚筒。

“你在找褂子吗？”曼弗雷德问道。

“我的褂子，是啊。”她说。

“我拿着，”曼弗雷德说，“我在干衣机里找到的。”他把字条递给她，来证实自己的故事。“我怕有人拿走，就没把它留这儿，衣服看起来很贵。”

女人怀疑地看着他，又看了眼便条。

“谢谢。”她嘴上说着，但一点感激的感觉都没有。

曼弗雷德站了片刻，不知道该说什么。

“我去给你拿过来？”

他希望女人跟他一起去拿，她很有吸引力。

“好啊，”女人说，“谢谢。”她笑着，“哦不，你真好。”她看着便条，又多说了句，“曼弗雷德。”

曼弗雷德的心掉到了谷底。“或者你可以跟我一起去？”他指着楼梯。

女人耸了耸肩，跟上了他。曼弗雷德告诉自己不管多无聊，都得说点什么。如果他不能抓紧时间说点什么，这短短两步路就可能静得可怕。

“你住在这儿多久了？”他说。

“什么？”女人问道。她跟在曼弗雷德身后，楼梯间里还回荡着他们的脚步声。

“你住在这儿多久了？”曼弗雷德又说了一遍，“我以前没见过你。”

他们走到了楼梯口的铁门旁。曼弗雷德打开门，让女人先进。她按下电梯按钮，电梯门马上就开了。进了电梯，曼弗雷德按下四楼，电梯很小，女人紧挨着曼弗雷德的肩，几乎是肩碰着肩。电梯动了，曼弗雷德在女人身上闻到了褂子上的味道，不是薰衣草，不是花香，好像是土地的味道。

“我刚刚说我之前没见过你。”曼弗雷德的眼睛一直盯着门上的数字。

“我来这儿才几个月，”女人说，“二月才搬来。”

“知道了。”曼弗雷德说。“知道了”，这么说真傻。这是什么意思呢？听起来好像是在调查她，或者要捕捉信息，接着可以反驳她。电梯到达后，曼弗雷德首先走出去，省得女人还要从他身边挤过。他们静静地走在走廊上。

“到了。”他说道。

“四楼。”女人说，她举起手里的便条。

“请进。”

女人走进过道，等着曼弗雷德去厨房给她拿褂子。他把褂子拿回来给她。

“你叠起来了，谢谢。”女人说，她看似很惊讶，也没有不悦。

“我本来还想熨一下。”曼弗雷德说。

女人善意地一笑，好像对面的是个表现优异的孩子。她真美。

“再次感谢你。”说完，她就转身离开了。

曼弗雷德深吸了口气，“要不要来杯咖啡？”他说，“或是茶？”他也不知道自己为什么突然这么说。曼弗雷德不喝茶，也没有茶。女人噘起嘴，看了他一会儿，好像在审视他。

“算了吧，下次再说。”她说道。

“没问题。”曼弗雷德说。女人走到了走廊。

曼弗雷德在她身后轻轻地关上门，慢慢地吐了口气。他觉得自己表现得不错。他走进厨房，开始分归衣物。女人看来是打算接受他的邀请了。还是算了吧。看起来她想，但是不能接受。或许她结婚了，所以不方便接受邀请，或是怕两人产生什么化学反应。或者她没有时间。不管怎样，她都没有直截了当地拒绝。她暗示了，明确地暗示，她不能控制当时的状况，要是换个时机，说不定她就接受了。下次再说。曼弗雷德没有觉察到她声音中有什么激动，的确，很难想象“下次”是什么时候，不过他还是很高兴。他应该问她叫什么，也得买些茶。

曼弗雷德从厨房的柜子里拿出熨斗，插上电，放在桌上等着熨斗预热。

第六章

Chapter 6

曼弗雷德周一早上到银行的时候，员工们都在热烈地讨论阿黛尔的失踪案。高级出纳米勒高声说，现在女孩的作风就是给自己找麻烦。如果没有麻烦，她恐怕还得埋怨自己。米勒也是让泰招的，就在曼弗雷德入职一年多后。她的在场让曼弗雷德很不安，他尽量保持两人之间的距离。曼弗雷德跟同事们道了早安，便快步走进办公室。几分钟后，卡洛琳走进来，她性格不错，十九岁，天真又有点迟钝，但她至少精神满满。曼弗雷德喜欢她，因为她从不像其他新员工一样讨好他。

“这个女孩太惨了，对吧？”她说道。

“我保证，最后肯定什么事也没有。”曼弗雷德略带粗声，他根本不想讨论这个话题。

卡洛琳把咖啡放在桌上，曼弗雷德抬起头，她看起来有点气馁，但他并不想轻视她，她太敏感了。有一次，曼弗雷德指出了她业务中的一个小问题，她就哭了。

“她只是离开几天，”他说，“可能跟哪个男孩走了。”

卡洛琳似乎在很严肃地考虑曼弗雷德的理论，她说：“可是报纸上没有提到男友问题。”

“人们不愿意昭告这种事。”说完他突然后悔了，好像他习惯欺骗或者期待他人的谎言似的。曼弗雷德很少与同事交流或者谈到自己，他不想让自己的私生活成为饭后谈资。他听到有些女孩怀疑自己不喜欢女人，有时候他一走出办公室，屋外突然就静了下来。每年圣诞节的年度午餐，员工们总是争着避开他旁边的座位，到了闲聊环节，曼弗雷德总是不合群，哪里都融不进去。

卡洛琳问道：“你认识她吗？”

“见过，”曼弗雷德说，“我在她工作的餐厅吃午饭。”

“她长什么样？”卡洛琳迫切地想抓点内幕，跟同事分享，“看报纸上的照片，她很漂亮。”

“某个女孩消失了五分钟，我们就不工作了？银行业就转不动了？”

卡洛琳看起来很受伤。“对不起，鲍曼先生。”说完她就出去了。曼弗雷德告诉过她没有第三个人在场时她可以叫自己的名字，但她从没叫过。

曼弗雷德一如既往地点了周一特色菜，从现在开始，他得严格遵守自己的习惯。他不能重复上周的奇怪举动——喝第二杯酒、换菜、可笑地评论阿黛尔的外貌。从现在开始，他不能引人注目，也不能让人觉得他的行为怪异。

一个新服务员在窗边收拾桌子。她很瘦小，用卡子整齐地扣住自己的短发，在桌子与厨房间来回穿梭，不停地盯着眼前，好像担心盘子碎了、杯子掉了。曼弗雷德尽量移开自己的视线。

玛丽走过来给他点单。她看起来有点疲惫。

“生意真糟。”她说。

“肯定没事。”曼弗雷德说道。

玛丽皱起眉头：“那个条子可不那么想。好像有人看到阿黛尔失踪的那晚坐上了一个男人的摩托车。”

曼弗雷德撇撇嘴，慢慢点了点头，无以回复。“他们知道那个男人是谁吗？”他终于问了。

“那个条子一直在这儿询问，他好像觉得这是关键。”

“应该是。”

他静静地喝完汤，无意地翻着报纸。他不应该对卡洛琳提到男友，好像他知道事情的发展一样，虽然他的确知道。他得学会守口如瓶。餐厅的气氛又多了几分压抑。帕斯特趴在吧台后，曼弗雷德心想他可能在观察自己，看看自己是不是表现异常。戈尔斯基肯定跟餐厅的每个人都说了，这让他很不安。

玛丽把干酪蔬菜烧肉端了过来。他已经喝完了酒，抑制住再来一杯的冲动，他倒了一杯水。这道菜包括一堆蒸粗麦、一根小香肠、一只鸡腿、几片肉，还有一碟辣酱。曼弗雷德看到帕斯特冲门口点头问好。他看过去，发现戈尔斯基进来了。戈尔斯基走过去，隔着吧台与帕斯特握手，两人似乎达成了某些共识。他俩简单聊了几句，玛丽则在厨房的传菜门附近走来走去。戈尔斯基转过身，曼弗雷德以为他要离开，结果他却径直向自己走过来，好像早就知道自己会在这儿。

他把手搭在椅背上，站在曼弗雷德对面，笑着打招呼。

“我可以坐下吗？”

曼弗雷德抬手指了指空椅子，表示同意，他也不能不同意。戈尔斯基脱下雨衣叠起来，放在腿上。曼弗雷德松了口气，看来他不打算逗留，至少不会吃午餐。曼弗雷德望向吧台，玛丽进了厨房，帕斯特在擦酒杯，不过十五分钟之前他就站在那儿，无所事事。

“我不想打扰您吃饭。”戈尔斯基说。

曼弗雷德放下了餐具，他不喜欢和别人一起用餐。戈尔斯基并没有故作吃惊地看着曼弗雷德，这也不算是意外发现。

他开始说道：“我一直很疑惑，希望您可以帮我解惑。”

曼弗雷德点点头。

“我的问题与阿黛尔的消失有关。”

“然后呢？”曼弗雷德说道。

“好像在她消失那晚，有人看到一个年轻人骑摩托车带着她。”

曼弗雷德看着眼前的食物。

“这很关键，因为这是人们最后一次见到她。她应该是离开餐厅后才见到那个年轻人，然后坐着摩托车走了。确定她离开的方向，这显然很关键。”

“我知道。”曼弗雷德说，他的午餐也要凉了。

“当然了，女孩与男孩约会，这很正常，但是有个细节让我疑惑。她路过餐厅来的方向应该是米洛斯路，如果她要见这个男孩，为什么不跟他约在餐厅外？反而要反向走一段路，找到年轻人，再坐着摩托车按原方向返回？”

曼弗雷德无话可说，戈尔斯基也没想让他猜。

“同时，这个最后见到阿黛尔的年轻人也没有出现，我不禁怀疑两人可能有什么不可告人的秘密。”

“警官，我保证我没有摩托车，也不会骑。”

戈尔斯基轻哼一声，大概是识破了这个可笑的说辞。

“这跟我了解的不一样。”他淡淡地一笑，“我就是问了下附近的人对那晚还有没有印象，看看他们是不是目睹了什么关键线索。”

“我什么也没看到。”曼弗雷德加快了语速。

戈尔斯基抬起手指打断了他。

“那晚，你在餐厅与勒梅尔、伯蒂及克罗杰打牌，打完之后，你就走了，大概是十点钟。”

曼弗雷德耸了耸肩：“我也不确定具体的时间。”

戈尔斯基接着说：“你直接回家了吗？”

“是的。”曼弗雷德答道。他很清楚问题的目的何在。

“那你回家是不是要沿着米洛斯路穿过小公园？”

“是的。”

“好吧，你知道我要问什么。你抬脚离开，阿黛尔后脚就跟了出去，她肯定也沿着这个方向去找那个年轻人了。仔细想想，你有没有看到一个年轻人，好像在等人？”

轮到曼弗雷德了，一看到戈尔斯基，他就知道自己该说什么。他慢慢摇着头："没有，真抱歉，我谁也没看到。"

戈尔斯基撇撇嘴，若有所思地点了点头。

"也没帮上什么忙，真抱歉，他们可能约在咖啡馆或者是男孩的家。"

他以为这场折磨终于要结束了，戈尔斯基应该会为打扰自己午餐道歉，然后结束对话。

"知道吗，"他突然间又来了兴致，"我干了二十三年警察。根据我的经验，当人们说可以帮忙的时候，他们一般都掩饰了什么事。"他又格式化地一笑。

曼弗雷德咽了口唾沫。他告诉自己要直视戈尔斯基，几秒后，他又把视线转回食物上。如果他坦坦荡荡，可以直接打断戈尔斯基这种讨厌的概论。

戈尔斯基没有要离开的意思。

他无视曼弗雷德的反应，继续说道："那晚，你就在这儿。在吧台喝了杯酒，十点左右离开。"

"我没法确定具体的时间，但你说得没错。"

"你是这儿的常客，对吗？"戈尔斯基说。

曼弗雷德耸耸肩，这又不犯罪："可以这么说。"

“墨守成规的人？”

曼弗雷德盯着戈尔斯基，不知道该如何反应。他到底该不该吐露事实，毕竟那天自己完全打破了常规，把砂锅炖菜换成了酸菜炖熏肠，还点了两杯酒。或者他知道自己打牌时对阿黛尔的赞美。总而言之，这些行为不得不让人怀疑自己在阿黛尔失踪那天的异常。或者警察这么说是因为其他原因？曼弗雷德的脸颊开始泛红。

“我也不知道怎么说。”曼弗雷德说。

“反正，每个人都跟我说你是个墨守成规的人。”戈尔斯基用手打了个暗示。

曼弗雷德不禁环视餐厅，他不喜欢戈尔斯基打听他，更别提向所有人打听，他在猜测别人还说了什么。

“有什么问题吗？”他问道。

戈尔斯基一撇嘴，慢慢摇了摇头，“当然没有。”他好像想到了什么，身体微微向前一倾。“我有个问题，周三晚上你发现餐厅有什么异常吗？”

曼弗雷德想了想，至少装成思考的样子。他觉得最好是吃一大口饭，他便吃了一口，把食物咽下去之后才摇了摇头。

“我什么也不记得。”他说。

戈尔斯基略有失望。

“是吗，”他说，“我觉得在这种地方不会发生什么，哪天晚上都差不多，不过一旦发生异常，不管在外人看来多么平淡无奇，餐厅的常客一定会有所觉察。”

曼弗雷德发现戈尔斯基很恼火。他喝光了最后一口酒，本来还想再要一杯，但这如果也成了习惯，那以后每天中午都得喝两杯。

“我问了每个人同样的问题，他们都说那一晚，阿黛尔问帕斯特可不可以早点离开，离开前还换了衣服、化了妆。”

“你难道觉得我也要关注那点小事？”曼弗雷德回答。

“我单独问了勒梅尔、伯蒂还有克罗杰，他们都发现了，立马就告诉了我。”戈尔斯基说。

“或许是一个人发现了，又告诉其他人。”曼弗雷德觉得自己的回答很机智。戈尔斯基点点头，“这也不失为一种可能。”曼弗雷德觉得自己小胜了一把。

“他们坐在门口，不可能看不到一个打扮撩人的女人。”他继续补充道。

“我没说阿黛尔打扮得撩人。我只是说她换了衣服。”

曼弗雷德一惊，他还是闭嘴为好。

戈尔斯基顿了一会儿。

“当然了，”他继续说道，“他们坐在那儿，肯定会发现阿黛尔换了衣服。你呢，如果没猜错的话，应该坐在连着厨房门的吧台边，阿黛尔出现的地方。按你的逻辑，好像你更不可能没发现她的变化。”

“我确实没有。”曼弗雷德说道。

戈尔斯基叉起手放在面前，手指头敲着桌子，曼弗雷德觉得磨人的拷问应该是要结束了。

“阿黛尔走后不久你就走了，具体时间不重要。”他语气中带着一丝困惑，好像只是把想法说出来，“你有看到她走的方向吗？”

“我已经说过了，我没看到她。”

“那你回家路上，有没有看到年轻人，可能在……幽会？”他斟酌了一下自己的表达。

“没有。”他不高兴了。

“要是你跟我去警局录笔录，你还是这么坚持？”

“是的。”曼弗雷德说道。从他第一次跟戈尔斯基谈话，就已经决定了事情的发展方向，他不会做出任何改变。

“不错，”戈尔斯基用力推开凳子，“打扰您吃午饭了，抱歉。”

曼弗雷德的酒杯已经空了，但他不敢再喝一杯，他不想让戈尔斯基肯定自己对他的怀疑。帕斯特继续在吧台后面擦着杯子，他没有看过来，玛丽则把手搭在新服务员的肩上，教她清理餐桌。

第七章

Chapter 7

戈尔斯基不该带雨衣，天气暖和晴朗，一点要下雨的征兆都没有。他站在餐馆门口，点了支烟，他的雨衣就搭在胳膊上。沿着米洛斯路走几分钟就能到警局，但是戈尔斯基压根儿不想回去。他穿过马路，沿着查尔斯大街往前走。在午饭时间，大多数商店都打烊了，街道也很安静。戈尔斯基喜欢这个时间，好像整个镇子都停下来静息片刻，这跟圣路易斯的生活步伐也是格格不入的。不过，戈尔斯基若有所思地走在路上，好像是要赶赴一场重要的约会。

他转到一条小道上，不远处有个不起眼的小酒吧，酒吧的牌子喷成了棕色，挂在门上。墙上还挂着刻有暗红色“Bar/Tabac”（烟酒）两字的生锈金属牌。晚上，酒吧牌子就会亮起来，但如果人们白天路过，就很难发现它的存在。看过去，墙上只有两面用来通风的椭圆形玻璃。酒吧用的是玻璃门，上面贴满了各种彩票以及香烟的广告，把里面挡得严严实实。酒吧主也知道自己的店没什么魅力，不过一进去，街上的人根本看不到室内的情形，这很大程度上造就了它的吸引力。

酒吧里有一间小厕所，墙面是草绿色，上面褪色的装饰画描绘着旧时的阿尔萨斯（法国东北部地区）。两面墙之间是栗色的软凳，磨损严重的地方泡沫都露了出来。软凳前有五张金属桌，酒吧中间还有四张木桌。

戈尔斯基坐在软凳上，示意酒吧老板来杯啤酒。酒吧门对面的墙上是售酒柜台，墙右边是售卖香烟、打火机、彩票的区域。烟酒区由一扇小木门分开，酒吧主人可以由此进入售酒区。售酒区提供三种酒，右边则是给热狗加热的不锈钢水锅，这也是酒吧里唯一供应的食物。锅一直开着，所以酒吧里总是弥漫着热狗的味道。酒吧老板把灯光调得很暗，人们在里面很难分得清日夜黑白。如果午后太阳高照，两束光会透过高窗，好像照在酒吧里缓慢移动的探照灯一样。

酒吧里有三个客人。一个衣衫褴褛的男人就坐在高窗下方的软凳上看报纸，他前面的桌上摆着一杯酒。他看起来很眼熟，这很正常，戈尔斯基的工作让他跟很多人打过照面，在圣路易斯这样的小镇上，再碰到也不足为奇。老警官列贝利可以记住所有人的名字与面庞，戈尔斯基没有这个天赋，他很苦恼想不起这个男人是谁。

另外两个男人穿着工服站在售酒柜台前。一个男人坐下时盯着戈尔斯基，应该是认出了他。在前一天的新闻发布会上，就是他描述了摩托车上的年轻人。戈尔斯基只是说年轻人是个目击者，但报道却大肆渲染，戈尔斯基的照片就登在几篇新闻报道的旁边。他点头向男人问好，但男人马上把视线移开了。

酒吧老板端着酒过来。他不高，皮肤黝黑，看起来像是退役的拳击手。他长着黑溜溜的小眼睛，嘴巴松垮垮的。戈尔斯基听一些常客叫他伊夫，他打招呼时从没叫过伊夫的名字。当然，虽然酒吧老板知道戈尔斯基，但他装作不认识，这符合他的作风。有些酒吧会营造宴饮交际的氛围，这家酒吧却不然。如果有人跟老板说话，他只会问好，或者不予理睬。

伊夫把啤酒放在戈尔斯基面前，后者又点了个热狗。伊夫走回柜台时，顺便慢慢擦了擦桌子。戈尔斯基喝了口啤酒，清凉爽口。放在纸盘上的热狗也好了，肉又粉又软，放到嘴里很快就化了，他想象着曼弗雷德吃砂锅炖菜时的样子。

他早就料想到自己与曼弗雷德谈话的结果，如果他一开始就说谎，除非有确凿的证据，否则他不会承认。戈尔斯基已经习惯了对方说谎。人们谎话说得理所当然，即使漏洞百出，还是会坚持。戈尔斯基深谙这个道理。如果他妻子问起自己下午做了什么，他也一定不会提及来酒吧这茬儿。他感兴趣的不是对方说谎，而是说谎时的反应，他们一般会拿烟或者突然把注意力转移到毫不相干的事上。他们不会进行眼神交流。女人一般会玩头发，男人则会摸胡子。戈尔斯基喜欢跟对方在日常环境中交流，如果把他们叫到警局，他很难从思路已经混乱的人们身上发现异常。戈尔斯基记得自己拜访曼弗雷德的公寓时，最初不愿邀他入室的曼弗雷德竟然要给他来杯咖啡。这是弥补刚开始的敌意并且推迟对话的典型性行为。虽然他当时不知道戈尔斯基到访的目的，但他已经表现出了自己的不适。

人们面对自己的谎言，通常会故作生气。戈尔斯基总会听人说："太令人气愤了！""你怎么可以这样！"或是以采取法律措施相威胁。他觉得这些行为不是出于内疚，就是在掩饰。有的回答与问题完全驴唇不对马嘴，毫无意义。曼弗雷德是个特例。戈尔斯基觉得他没胆这么做，他的举止没有背叛他的内心。于是他把曼弗雷德归为那种习惯保密的人，一个压抑的人。

当然，也不排除曼弗雷德确实什么也没发现。人们不善观察，特别是忙碌于日常生活时。他们走路或是开车上下班，每天坐在同一间办公室、同一家咖啡馆中，根本不考虑周围的环境。有时候问起来，他们甚至连老地方的家具、布局都不清楚。不过，曼弗雷德让他好奇。无论说谎与否，他的某些举止勾起了戈尔斯基的好奇心。他也一度逃避奉承，好像是为了得到他人的喜欢，至少是认同。

不过，案子毫无进展。戈尔斯基花了大量时间研究一个看似完全与失踪案不相干的人。案子调查没有头绪，甚至连案件性质都不能确定。不过，年轻女性的失踪总是媒体的焦点，警察也不得不深入调查，至少看起来如此。如果是曼弗雷德这样的中年男子失踪，估计报纸上连丁点报道也没有。

截至目前，戈尔斯基连自己调查女孩的大体样子都勾勒不出来。阿黛尔的母亲几年前就去世了，她的出生证明上没有父亲的名字。出于母爱，玛丽很喜欢她，但是阿黛尔没有太多表露。她是个好员工，准时礼貌，仅此而已。擦地板、切洋葱、下订单她样样在行，接受任何工作安排，没有任何抵触或是不满。玛丽评价她很勤快。戈尔斯基觉得她是辞职了，她什么也不在乎。她与雇主还有餐厅客人的关系很友好，但她从不问问题，不谈论自己也不与其他员工开玩笑。她完全活在自己的世界里。在外界看来，戈尔斯基没有发现任何线索。她在侏罗大街上租住的带家具的小公寓也没有什么线索，她按时交租，邻居也跟她不熟。

早前，戈尔斯基像入侵者一样已经仔细检查了她的房间，同以往一样。阿黛尔的公寓里有一张单人床，旁边是小厨房跟小洗手间。戈尔斯基进屋检查这天是周六，大楼里没有看门人，只有房东太太靠在门口，双手抱在大胸下，脸上尽是无聊。戈尔斯基忘记了她的名字，她不高，染着头发，戴着厚厚的塑料框眼镜。百叶窗是放下的，戈尔斯基感觉它应该很少升起来。空气中弥漫着陈腐的味道，戈尔斯基不习惯房东的注视，他不喜欢别人看着他工作，特别是检查年轻女性的个人用品时。

他走进厨房，打开橱柜，里面有不成套的罐子、玻璃杯，还有一些罐头。冰箱里空空如也，只有塑料箱中有几盒水果酸奶，一小块黄油和一小罐草莓酱。厨房台面上有一小包散装茶，木板上的棕色纸袋里装着隔壁面包店买来吃了一半的面包。戈尔斯基拿起面包闻了闻。水池子里放着一只还没洗的茶杯，一旁的菜板上还有些许面包屑。戈尔斯基没有细看剩下的食物，阿黛尔应该基本都在卡洛驰餐厅吃饭。他打开自己的笔记本，看到了房东的名字，接着又走进了客厅。

客厅里有一张沙发床，整齐地放在一旁，还有一张不搭的玻璃咖啡桌，一个小的多屉橱柜，过大的老式衣橱在房间里格格不入，戈尔斯基觉得应该是房东用旧的。

“你不用在这儿的，胡贝尔太太。”他说道。

房东似乎没理解这是希望她回避的意思。

“我什么时候可以把她的东西搬出去啊？”她说道，“我不能闲着房子。”

阿黛尔不过是消失了三十六个小时。戈尔斯基瞪着她。

“没有迹象表明你的房客不会回来了，”他说，“不过，现在公寓要由警察管辖。”

他故意没说“犯罪现场”。人们听到这个词，总是过于兴奋，更何况公寓也不是什么犯罪现场。

胡贝尔太太怀疑地看着他：“那房租呢？”

“我觉得房租应该是付到了月底吧。”

她不屑地点点头。

“到月底还有三周呢，”戈尔斯基说，“希望在那之前事情就可以解决。”

女人耸耸肩。戈尔斯基问她要了钥匙，她什么也没说，递给了他，接着离开了公寓。她走后，戈尔斯基坐在沙发上，点了支烟。他环视房间，找寻着阿黛尔的痕迹。墙上没有画，旁边的桌上也没有照片、书或是杂志。阿黛尔住在这儿近一年的时间似乎根本没把这儿当成家。要是家具拿掉的话，这跟酒店没什么两样。戈尔斯基站起身走到窗边。他拉起百叶窗，看到了一片荒地，以及和平大街上流浪汉聚集地的后院。

戈尔斯基粗略检查了下衣橱与多屉橱柜。他不想翻看女孩的内衣或是其他衣物，即使只有自己一个人，这样搜查还是很尴尬。房间里没有匆忙离开的迹象，也没有丢失财物。他的老师列贝利教他不要只是看有什么，而是要看少了什么。阿黛尔的牙刷与化妆品在洗手间，戈尔斯基的妻子女儿也有这些瓶瓶罐罐。衣柜上面只有一个磨损的旅行箱。戈尔斯基把它拿下来，放在咖啡桌上。箱子上布满了灰尘，里面应该放着女孩的私人物品。他拉开拉链，箱子是空的，阿黛尔看起来是个没有秘密的女孩。他把箱子放回原处，在床边的抽屉里，他找到吃了一半的避孕药，这是个发现。最后吃的一片是在周四，说明她之后就没有再回家。可能阿黛尔很大意，但是如果选择消失，她肯定不会不提前计划。

过了一会儿，戈尔斯基敲开了邻居的房门，可是除了碰面打招呼外，没有人见她带谁回过公寓，或是听到屋里有什么动静。

“她有什么麻烦吗？”灰发女人问道，她住在两户之外。

人们经常这么问，他们把欢愉伪装成担忧。戈尔斯基知道，要是听到自己的邻居被残忍地强暴或是杀害，那个老女人肯定很高兴。

戈尔斯基漫长的思绪被伊夫打断，他端着一杯酒递给那个衣衫褴褛的男人。站在吧台旁的工人已经走了，戈尔斯基竟然没有察觉。阿黛尔消失的那晚，曼弗雷德应该不可能什么也没看到。

伊夫把眼光放在男人桌上，男人从报纸上抬起眼，正好与戈尔斯基对视。他假装什么也没发生，马上低下了头。戈尔斯基记得他。他以前是个老师，在某个男学生令人生厌的指控下辞了职。戈尔斯基经过仔细调查后，发现学生是恶意指控。不过，指控的阴影还是迫使他辞了职。戈尔斯基想要给他一个善意的表情，告诉他自己知道他的清白，但是那个男人没给他机会。很可能是，男人不想记起那段不愉快的过往。

戈尔斯基点了第二杯酒。伊夫端走酒杯，默默地拿走了纸盘与纸巾。那个男人喝完了酒，目不斜视地离开了。现在，酒吧已经没有其他人了，戈尔斯基感到一阵莫名的可笑。酒吧老板忙着擦杯子、清理桌子，厕所门边的墙上挂着一部电话。戈尔斯基打算给局里打个电话问问调查情况，但酒吧老板肯定会听到，他只能亲自回警局。喝完啤酒后，他就付钱离开了。

当天下午，他一直在办公室里写公寓调查报告。就算是官方文件，他觉得自己还是该把案件往好处想。派出去询问附近居民有关阿黛尔和男青年骑车离开的男人毫无收获地回来了，真是沮丧。女孩自己消失的推断被推翻后，戈尔斯基又面临着三种可能：出了车祸、自杀或者被杀。第一个也可以排除。没人在圣路易斯附近的医院发现与阿黛尔样貌相符的姑娘。如果发生了严重的车祸，到现在也该发现她的尸体了。自杀也不能完全排除，如果投了莱茵河（当地最频繁出现自杀事件的地方），可能要过几天或是几周才会发现她的尸体。不过，她在失踪前的表现没有要自杀的意思。存在自杀可能，且没有发现尸体，警察就不会调查谋杀。这都是推测，戈尔斯基并不喜欢，他喜欢的是建立在证据之上所采取的具体、符合逻辑的措施。他当警察的二十多年里，一直锻炼自己找出任何与案件有关的信息，无论看起来多么无关紧要。总之他就是避免直觉，也就是同事们所谓的“预感”。截至目前，唯一的线索就是骑摩托车的年轻人。如果证实了他的身份或是找到了阿黛尔的尸体，就不用再进行调查了。戈尔斯基已经觉得案件愈发严重了。

六点半的时候，他下班回家，在路上还要抑制住中途去趟酒吧的冲动。七点的时候，戈尔斯基的妻子赛琳把烤好的鱼和土豆放在桌子上。戈尔斯基打开前一晚两人开的酒，倒了两杯。他的女儿克莱曼斯也坐在桌上，面前的盘子上摊着一本平装书。她十六岁了，继承了母亲的眉毛与栗色头发，但看到她跟男孩子一样的身形，戈尔斯基没缘由地觉得安心。她合上书，把玻璃杯推上前，戈尔斯基把剩下的酒倒在她的酒杯中。

赛琳终于准备好了饭菜，当然也没什么好准备的，她并不擅长烹饪。戈尔斯基有时候怀疑是不是她的节俭推迟了女儿的身体发育。赛琳比戈尔斯基高半头，胸很小，屁股也不大，根本看不出来她生过孩子。不过生下女儿后，她发誓再也不会生育。

戈尔斯基很少跟妻子谈起工作，晚饭时更不会，但阿黛尔的失踪是件大事。女儿很感兴趣，可戈尔斯基没什么新消息。“没有尸体，一切都有可能。”他说。

他吃了一口鱼，没什么味道。赛琳不加盐，坚称盐只会造成高血压。

克莱曼斯看起来很失望:“你还是觉得她被谋杀了吗？”

戈尔斯基耸耸肩:“总有人失踪。”

他从牙缝间剔出一根鱼刺，放在盘子边上。

“我觉得她被谋杀了。”女儿说。她忽略了母亲的眼神。

“动机呢？”他问道。

“当然是激情犯罪。多数谋杀都是熟人作案。”

“这倒没错。”戈尔斯基说。他喜欢追随女儿的理论。“如果真是这样，那尸体呢？毕竟激情时刻的犯罪很难被掩饰。”

“我觉得罪犯是大街上的胖屠夫。先杀了她，再碎尸。”

赛琳终于忍不住打岔：“我们能说点不倒胃口的话题吗？”

戈尔斯基与女儿交换了个心领神会的表情，之后的晚饭就在沉默中结束了。

赛琳在镇上经营一家精品时装店。店里的生意只能维持开支，因为对圣路易斯而言，这家店太高端了，但赛琳坚持认为镇上的女人需要了解时尚。每逢春秋，她都会举行招待会展示店里的新款。她会请模特、提供香槟与西式点心，邀请当地的富人。赛琳坚持让戈尔斯基参加这些聚会，她鼓励女士们带上自己的丈夫，因为晚上结束时打开钱包的总会是他们。戈尔斯基整晚就会与那些不情不愿的丈夫站在提供酒水的桌子旁。这些场合与其说是促成赛琳的成功,不如说是促使“戈尔斯基家”成为上层社会的一员。赛琳一直觉得丈夫的职业就是通往上层社会的绊脚石。他们刚结婚时，她就鼓励他弃警从法。等他升为检察官后，她的想法就变成搬到一个合适的镇子，或者是巴黎，或者是可以改善生意的地方，一个她所谓的“有共鸣的地方”。但是戈尔斯基解释说镇上的警察想调到大城市很难，之前他申请过去东北部，但自从失败后，他就不再考虑了。

戈尔斯基很遗憾自己不能实现妻子搬离枯燥的圣路易斯的愿望，几年来，他已经说服自己搬家不现实，不是因为他多喜欢这儿，而是他深信自己真的是能力有限。

第八章

Chapter 8

母亲离世后的那个夏天，曼弗雷德的主要活动就是去外祖父屋子后的树林里散步。他受不了热天，不过最热的时候树林里却是凉爽宜人的。

有一天，曼弗雷德躺在一片空地上，头枕着树下柔软的青苔。他脱下 T 恤，皱巴巴地堆在身边，闭着双眼，倾听着微风中树叶的沙沙声，像是远处流淌的溪流一样。他平静地呼吸，地面很干，路面上散落的枝丫透着一股烧焦的味道。曼弗雷德想象着一场大火如巨浪一般席卷了树林，自己的身体被大火吞噬，变成灰烬飘在树顶的气流中。

曼弗雷德突然睁开双眼，一个女孩就站在他的不远处。他没有觉察到她的到来。

“你站在那儿多久了？”他问道。

“有一会儿了。”女孩说。

她穿着一件黄色棉布裙，上面印着橘色的小花，脚上穿着皮拖鞋，金色的秀发上绑着一根黄发带。她大大的蓝眼睛注视着曼弗雷德，一点也不尴尬，她还没有发育，胳膊很细，大约十五岁，虽然她的稚气让她看起来更小。

“你是谁？”像是地主发现了侵入者一样，曼弗雷德问道。女孩耸耸肩，微微一笑：“谁也不是，就是个女孩。你呢？”曼弗雷德惊讶于女孩的话，他想不出更好的回答。“就是个男孩。”他突然有种向她吐露一切的冲动，比如他父亲如何经营餐馆、他母亲怎么去世、他与外祖父母的生活以及他如何麻木地整日躺在床上盯着天花板看。

女孩坐在曼弗雷德身边，整了整裙子。她双臂怀抱膝盖，默默不语。在曼弗雷德见过的女孩子中，她是最美的。这一瞬，他想要她为妻，相濡以沫、白头到老。一想到自己光着膀子，他突然觉得尴尬，整了整衣服穿上了。

女孩就坐在那儿。曼弗雷德不知道说什么才显得自然真诚。

女孩的裙角轻轻地随风拂动，金色的头发顺滑地落在颈背。她终于回过头，看着他。

“你的话不多，对吗？”

曼弗雷德的脸火辣辣的，如果自己现在不说点什么，她肯定会离开，那就再也见不到了。

“我……”他希望自己可以妙语连珠，文思泉涌。但事实总是背道而驰，他只能另起一句。

“你住在附近吗？”他真是后悔自己的问题竟如此平淡无奇。“我从来没见过你。”他补充道。

“我的父母在树林边租了个房子。”

“你在度假吗？”

“应该是吧。”女孩说。

曼弗雷德知道现在该问她家乡何处了，但他不想知道，重要的是他俩在此时此刻相遇。他不想考虑她远处的家，镇子也好，城市也罢，他不在那儿，也许在她的学校读书，跟她说话的男孩也不是他。

“你呢？”女孩问。

“我？”

“你住在附近吗？”

“我同外祖父母住在圣路易斯的市郊。”他说。

“和外祖父母一起？”

“我双亲早逝。”博得了女孩的同情，即便她不喜欢他，也会为他遗憾。或许，她会握住他的手。

“孤零零一个人生活在这世上，多可怜啊。”女孩说。

“我不是一个人，”曼弗雷德说，“有你在。”

女孩站起来，表示自己得走了，她的父母应该在等她。她也没戴表，曼弗雷德觉得胃部一阵痉挛。

“我还能再见到你吗？”他说。

女孩微微睁大了眼，嘴巴轻轻一张。

“明天你还会来吗？”他问道。

“或许吧，”她说，“这得看我爸妈。”

“我还会在。”曼弗雷德说。

接着，她消失在树林里。

之后的三天，曼弗雷德每天都会到遇见女孩的那片空地。他来得越来越早，后两天还带着水和水果来度过一天。他还带着书，以及从楼梯下的橱里拿的一条毯子。他仔细斟酌了书的主题。女孩又不是充气娃娃，低级书刊肯定不行，加缪、萨特、海明威等极具男性色彩的作品也很难给一个穿黄裙的小女孩留下好印象。

过于大众化的经典只会让曼弗雷德看起来像个刚读书的人，因为他早应该对这些大作耳熟能详。最后，他从外祖父的衣橱上拿了左拉的两本小说。之前，他没读就觉得左拉的作品平淡无奇。不过，自从读了左拉《弑夫情案》的序言后，他就被深深地吸引了。也许有一天，他也能写一本影响社会舆论的小说，故意造成误解，让历史检验真知。他将无所畏惧地揭露虚情假意、伪善之言与多愁善感。尽管多年来诽谤不断，黄裙女孩会一直伴他左右。

左拉对人物形象的刻画受到了性情的影响，缺乏意志力的自由，对曼弗雷德就像是一种释怀，缓解了压在他肩头的压力。他也被塑造自己的力量困在其中：尴尬、不合群、没人与他交往、寄人篱下的悲惨、离校后的抉择等。他不再控制自己的命运，冥冥之中，是什么让他俩相遇？不是意志自由，是命运。

第四天，她出现了，如曼弗雷德所想。

“你好。”她一边说，一边走进空地。

“你好。”曼弗雷德说。毯子上放着他用小书包装来的一纸袋樱桃与一瓶苹果汁。曼弗雷德枕着手躺在一边，敞开的书就放在面前。女孩像之前一样坐下，双臂抱膝，背对着曼弗雷德。她还是穿着同一条裙子。

“你在这儿多久了？”她问道。

“一天了。”曼弗雷德说。

“在等我吗？”

“是的。”他答道。他喜欢女孩说话时不看他。

“如果我不来呢？”

“我明天还会来。”

“不错。”

“我想再见你。”

“我也想再见你。”她说。

“你有没有觉得我们就该如此相遇，这真怪。”曼弗雷德说，“我是说如果那天我没有在那一刻出现在你路过的空地上，或者你换一个方向，或是没来度假，或是我出生在别的地方……”

女孩没有移动视线，但她耸了耸肩。

“你也可以说无论两个人何时相遇，都很奇怪。我们的相遇跟其他人的相遇没什么两样。”

“但我们没有计划相遇，不是吗？”曼弗雷德说。

“两个陌生人如何计划相遇？”女孩说，“如果是有计划的，那他俩就不是陌生人了。”

曼弗雷德沉默了片刻。

“我是说，”曼弗雷德继续，就像是不知水深浅就跳下悬崖一样，

“我们俩都没有发挥自己的意志力。不过，就是因为偶然，就像冥冥之中注定一样，所有事都发生了改变。”

女孩第一次正视曼弗雷德：“是的，我也这么觉得。”

那一晚，曼弗雷德吃晚饭时开心地同外祖父母交谈。当他主动问起他们心情如何时，他甚至看到他们交换了一个困惑的表情。总环绕在他身边的沉闷一扫而空。一切明亮了起来。饭后，他还帮忙收拾饭菜，与外祖父一起做木工，帮他磨平了正在做的抽屉的边角。

那晚躺在床上，左拉笔下的阴暗世界不再给他带来任何快感。《弑夫情案》中对性动物般的欲求与她的情夫无法再吸引他。他把女孩幻想成主角，自己则是那个毫无价值的追求者。不像是对其他女孩阴暗的幻想，他对黄裙女孩没有任何性幻想。他对她的爱（他毫无保留地用爱这个词）是高尚的。他们分开时，女孩轻轻亲了他的脸颊，他们双手交叉，握了几秒。

接下来的几天是曼弗雷德人生中最幸福的时刻。他期待着日子的到来，但也知道自己已经实现了幸福的极致，对他、对别人皆是如此。他不知道女孩是不是也这样想。他们创造了爱。当女孩走进空地的那一刻，爱就变成一个词，一个别人从未体验过的抽象概念。

他们每天都见面。曼弗雷德带来毯子坐在上面，吃着从外祖母食物橱里拿来的面包、馅饼与水果。他们吃午餐的感觉不像是年轻人，更像是满足的老年夫妇。茱莉亚特来自特鲁瓦，她的父亲是个希望女儿继承父业的律师，沉默寡言、性格坚毅。她的母亲非常温顺，茱莉亚特从未见过她顶撞父亲。她不过是丈夫的附属品，整日与其他的主妇吃午饭、购物或是做头发。她会准时回家准备饭菜。茱莉亚特看不起她，对法律也不感兴趣，只是不会反抗的她无法拒绝父亲的安排。与曼弗雷德不正当的会面是她一生中最大的叛逆，她羡慕曼弗雷德的自由，期盼自己的父母去世。

虽然她觉得自己温顺服从，曼弗雷德却觉得茱莉亚特与众不同，有他所嫉妒的自信。她不完全是他见过的那些肤浅、只知道嘻哈的校园女生，不喜欢穿衣打扮也不迷恋那些傻小子。茱莉亚特的自我意识无须他人的肯定。她的美丽毋庸置疑。

曼弗雷德鼓励她直视自己的父亲，追寻自己想要的人生。茱莉亚特问到曼弗雷德对《弑夫情案》序言的看法。如果他真的相信书中所写，所有人难道不都像老鼠一样，早被困在既定的方向，任何改变都无能为力吗？但曼弗雷德憧憬着两人的未来。他们会去巴黎或是更远的地方，到达阿姆斯特丹、伦敦或是纽约。曼弗雷德会写一本出色的小说，史诗般的系列，像左拉的《马卡尔家族》

一样，在欧洲的艺术家与作家中广为流传。数年后，茱莉亚特的父亲会突然而至。曼弗雷德会崩溃，承认自己强迫把他的女儿带离了她的家，直到他上了年纪才明白过来。茱莉亚特的父亲可能会为女儿的独立而感到自豪，接着曼弗雷德会同岳父一起坐下来，喝点威士忌，回忆生活的过往。

听着他的想象，茱莉亚特沉浸地笑着。“你从没见过我的父亲。”她说，“不管怎样，我既不会做关于你的梦，也不会做关于我父亲的梦。”

茱莉亚特假期的最后一天，这对恋人像往常一样在空地相见。曼弗雷德很痛苦，他不敢想几天或是几周都见不到自己的至爱。他不可能再回到过去的麻木中。

茱莉亚特从小屋的地窖中带了两瓶苹果酒出来。

“如果我父亲发现，肯定会杀了我。”她笑道。

这么伤心的日子她还能如此调侃，这让曼弗雷德烦恼，但他不想让自己的阴暗破坏最后几小时的相处。他们打开第一瓶酒，一口口地轮着喝。

他们热情地讨论每天如何给对方写信，信封上写着露骨的笔名。一到周末，曼弗雷德就可以去特鲁瓦，为了见到自己至爱的姑娘，在车站过夜。他们也会偷偷在信上写满戏剧般的渴求：别让我失望！我永远都是你的！我的爱，我想你。

曼弗雷德心事重重。现在，他们的关系还是仅限于再见时的亲吻与握手。他们肩并肩坐在毯子上，茱莉亚特的手温柔地与他的手交叉相握。一想到接下来数天甚至数周都见不到对方，曼弗雷德就觉得必须得做点什么留下念想。他们应该水乳交融，互相拥有对方，从那一刻，两人的生活才真正地交织。曼弗雷德前一晚就在考虑，他不认为这是性行为（这让他恐惧），而是一种精神交流，他虽觉得自己是个无神论者，但这怕是他能想到的最好的说辞。

就这么干坐着无限地遐想未来，曼弗雷德觉得胃部一阵痉挛。他不知道怎么说，所以他决定顺其自然，如果水到渠成，那一定是命运的安排。如果没有，那也是命。他坚信，自从遇到了茱莉亚特，他们的感受与想法总是不谋而合。昨晚躺在床上，她是不是也萌生了同样的想法？或许她也这么认为？她带苹果酒来可能就是想促成实质性的转变？

他们喝完了第一瓶酒。曼弗雷德有点晕，他掰下一块面包，嚼在嘴里来缓解自己的醉意。茱莉亚特看起来还是很精神，她打开了第二瓶，递给了曼弗雷德。

又到了茱莉亚特离开的时间。曼弗雷德突生恐惧。现在不做，又待何时。他轻轻抓住茱莉亚特的手腕，轻叨她的名字。她转身望着他，好像就在等待这一刻的相邀。他们的唇碰在一起，刚开始还很生涩，茱莉亚特调整着自己的身体，让两人的脸完美契合。她的舌尖在曼弗雷德的唇间游走。她的手搂着他的脖子，曼弗雷德的思绪升入了空中。这是他从未想象到的快感，很快他们相依而卧，曼弗雷德的左手放在茱莉亚特的屁股上。他的手敢不敢上下游走，感受她裙下屁股的曲线？他如是做了，指尖在她的裙上游动。

曼弗雷德大胆地将唇移向她的颈部，茱莉亚特紧紧地搂着他的头，呼吸也愈发急促。曼弗雷德亲吻着她的锁骨。茱莉亚特松开手，解开上衣的纽扣，拿着曼弗雷德的手放在自己前襟。曼弗雷德用双手包裹着她的两朵温柔。

曼弗雷德从没想过进展会如此之快。他只是大概想过她的期待。他害怕吓到她，但他们即将迎来一个重要的时刻，除了向前别无他法。他抚摸着她，茱莉亚特发出一阵轻吟。她闭上双眼，曼弗雷德趴到她的身上，继续亲吻着她的颈部。就在他准备进一步时，茱莉亚特抓住他的手腕说道：“不要，现在还不是时候。”

曼弗雷德觉得一阵放松，但是又停不下来，好像自己正在驾驶一辆飞驰的跑车，距离路口只有几米之遥。

“对，的确不是时候。”他一边说着，一边顶着她。他想起母亲形容的那种被制伏的感觉，就在同一片树林中，父亲在树下吻住她。他掐住茱莉亚特的脖子，他抑制不住自己的冲动，抬起身看着她的脸。她的双眼瞪得膨胀，她的身子在他身下扭曲，不断刺激着他。接着，两人都泄了下来。曼弗雷德突然很惭愧。他滚到一旁，平静着自己的呼吸，盯着头顶遮阴的枝丫。

他握住茱莉亚特的手。

“对不起，”他说，“我没控制住自己。”

她没有回答。曼弗雷德用胳膊肘着地，茱莉亚特的头无力地偏向一边，睁着双目张着嘴。她已经没了呼吸。

曼弗雷德呆呆地看着她，过了一会儿，他轻轻推她，但没有任何反应。他把手放在她的胸口，没有心跳。曼弗雷德站起来，手捂着嘴。他觉得自己不能呼吸，他背对着毯子，开始呕吐，直到胃里空空如也。他跪在那儿，跪了很久，至少看起来如此。可能其实连一分钟都不到。他难以忘怀的是茱莉亚特带着怀疑与背叛的惊恐。

曼弗雷德站起来，他仔细看了看身边的林子。没有人在场，所以也没什么好害怕的。要是茱莉亚特大喊，他可能就停住了。他根本没有意识到自己做了什么。曼弗雷德知道自己要做的事有多可怕，但他没有停手。他清理了毯子上的两个酒瓶，放在小书包中。接着又捡起了留在地上的苹果核，剩下的面包、馅饼的蜡纸包装还有切馅饼用的刀子。接着，他拽着毯子的一角，用力地拖曳。茱莉亚特的尸体缓缓地滑落,难看地堆成一堆。她的脸朝下，裙子皱巴巴地推在腰上。曼弗雷德拉下裙子盖住她的屁股，他的眼泪顺着脸淌了下来。不过他又进一步清理着其他的痕迹。他的脚来回在地上蹍着自己的呕吐物，眼神却无法从茱莉亚特的尸体上移开。之后，他转过身，穿过了树林。

第九章

Chapter 9

女人站在前厅的金属信箱前，翻阅着自己的邮件。曼弗雷德同往常一样，在早上八点十五分去上班。她穿着一套灰色西服，外面套着他在洗衣房中发现的褂子。曼弗雷德很高兴，好像褂子是他送给女人的礼物，她正穿着取悦他。曼弗雷德一般是在晚上下班后取邮件，但他现在停下来打开了自己的信箱。信箱里向来没什么有趣的信件，前厅也没有可以丢垃圾邮件的废纸箱，只能放进公文包，也只能上班时处理掉或是扔到街上的垃圾桶里。女人抬起头，向他问好。见到他，她似乎并没有不开心，反而微笑着，眼里带着笑意。

“哦，早上好。”曼弗雷德说道，表现得好像刚看到她一样。

“怎么样啊？”她说道。

“还不错，你呢？”

女人耸耸肩，轻轻睁大了眼，好像这个问题的答案不言自明。曼弗雷德打开信箱，拿出了一堆小册子，有宠物产品册，还有当地超市的宣传单。

“还是这些。”他说。

女人赞同地抖了抖手：“真不知道谁会看这些东西。”

“其实，研究表明，直接邮寄是目前最有效的广告手段。比较起来，电视或是电台广告反而效率要低。邮寄更容易接触到目标客户，且价格便宜，容易适应当地社会。”

女人挑挑眉，轻轻转了转眼珠：“曼弗雷德·鲍曼先生，您真是能说会道啊。”曼弗雷德觉得脸都红了。虽然女人冷嘲热讽，但他还是高兴她记得自己的名字。

“我不这么觉得。”他说。

“其实，我欠你个抱歉。”她说，“上次我太粗鲁了，也没介绍自己，”她伸出手，“爱丽丝·泰罗。”

曼弗雷德关上自己的信箱，握住她的手：“曼弗雷德·鲍曼。”

“是，我知道。”

他们走到门口，曼弗雷德为她打开门，爱丽丝表示自己要出镇子，曼弗雷德不假思索地跟上了她。那天阳光明媚，正是一年最凉爽的时候。公寓与主道之间的草坪上闪着露珠。曼弗雷德感叹着清晨的宜人，爱丽丝也欣然同意。他们默默走了几步路，爱丽丝的高跟鞋在人行道上发出清脆的“咔嗒”声。曼弗雷德抬头环视头顶的窗。不知道的还以为他们是夫妻，至少前一晚睡在了一起，想想就激动。他想象着两人坐在他厨房的桌旁，爱丽丝头发蓬乱，穿着他的浴袍吃牛角包，一壶咖啡正在炉子上沸腾。曼弗雷德偷偷用余光瞟了她一眼。

“你穿着那件裙子。”他说道。

“对啊。”爱丽丝望着他。

曼弗雷德不知道自己要不要赞美，他不擅长夸赞女性。

“真美啊。”他说。

爱丽丝微微一笑：“谢谢。”

他们走到了街区尽头，爱丽丝左转后绕过大楼，曼弗雷德跟着她。

“你的车在附近？”爱丽丝问道。

“不，我不开车。”曼弗雷德回答，他一直觉得没必要学车。

“天哪。”她说道。

她问他在哪儿工作，曼弗雷德告诉了她。爱丽丝很疑惑，他走的方向与银行相反。

“我今早要去斯特拉斯堡（东北部）开会，我要去搭乘火车。”

爱丽丝点点头：“哦。”曼弗雷德很高兴，在斯特拉斯堡开会的想法似乎打动了她。接着，他又开始担心她也要去斯特拉斯堡，可以载他一程。真是这样，他该如何拒绝？他应该说自己晕车，所以习惯坐火车。但这又会让他看起来很脆弱。去斯特拉斯堡出差的男人不该晕车。万一爱丽丝愿意载他去其他地方，比如周日下午去乡村旅馆，那他就假装自己可以提前吃药，促成小旅行。其实，曼弗雷德真的不喜欢坐车，他觉得这会加重自己周期性出现的偏头痛。

爱丽丝走到停在一辆小型银色敞篷跑车旁，她把手伸进包里摸索着钥匙。

“你看起来不像个银行经理。”她说。曼弗雷德不确定这是何意，听起来似乎没有负面意思。人们总觉得银行经理是些爱管闲事的老年人，长得土里土气。

“谢谢。”他说。

“不客气。”她大笑起来。

她打开驾驶室车门，把包扔到副驾上，坐上车，插上钥匙发动了车。她没有要载他的意思。曼弗雷德站在走道上，不知道如何结束这场相遇。爱丽丝关上车门，摇下车窗。

“有时间我们喝杯咖啡。”她说。

“必须啊。”刚说完，他马上后悔自己可笑的用词。

“明天如何？”

“明天？”曼弗雷德重复道。

“不行吗，很忙吗？”她说。

曼弗雷德摇摇头，不过可能会错过克洛驰餐厅。

“晚饭时间如何？”说着，她还建议了一家餐厅，“七点？”

曼弗雷德木木地点点头。她启动引擎，开走了。

曼弗雷德内心波动起伏。他继续穿过停车场，经过儿童乐园，直到对面，朝着火车站方向走去。他看了下表，八点二十五分。他同爱丽丝的相遇不到十分钟，他心事重重地走进车站，他不能冒险，万一爱丽丝在米洛斯路上看到他怎么办。他向来喜欢提前到银行，这次晚几分钟又何妨？米勒有钥匙，有权开门。他还可以在银行九点正式营业前到达。他穿过火车出发站台的地下通道，考虑要不要买张票，最后还是否决了这个念头。看到他的人可能觉得他有周票或是返程票，反正可以上车补票。

站台上大约有二十人，多数都在站着看报纸，脚边放着公文包。曼弗雷德没遇到熟人，也没人朝他看过来。他把自己的公文包放在脚边，背靠着候车室的红色砖墙。一辆火车驶入。没人下车。通勤者不紧不慢地走上车。曼弗雷德还是站在墙前。站台尽头传来一阵口哨声，火车出发了。曼弗雷德拿起公文包，沿着楼梯走了上去。看到他离开站台的人还以为他刚下火车。他为自己感到高兴。他沿着马恩河大道走回银行，到的时候米勒正在开门。

一上午很快就过去了。员工们不再讨论失踪的女孩，至少曼弗雷德没听到。卡洛琳在晌午时端着咖啡走进屋，曼弗雷德开心地冲她打招呼，成功与她攀谈了片刻。上司和蔼的态度让女孩高兴。曼弗雷德继续看着积压的贷款复审与申请。他推迟了几天的决定现在看起来一目了然。如果有人拖欠，那是他们的责任，与他无关，银行不可能随便扔钱。

正午时分，曼弗雷德完成了许多工作，决定提前吃饭。就算撞到爱丽丝，也完全可以说结束会议回到了银行，时间恰好。天气晴朗，圣路易斯似乎少了点乏味单调。曼弗雷德走进小公园，两个老女人坐在长凳上，脚边放着购物袋。她们没有抬头看路过的曼弗雷德。之前，他就想过如果有时间，就在午饭前去莱茵湖畔走走。他快步走着，一层薄薄的汗珠盖住了他的眉梢。这几个月来，他觉得肚子大了一圈。如果不注意，肯定会变成勒梅尔那样。

一边走着，他有两次都觉得碰到了爱丽丝，其实不过是打扮相似的路人。她很可能不在圣路易斯工作。不过，他还是希望可以与她偶遇，或是看到她开着小跑车经过。

曼弗雷德似有似无地期待着戈尔斯基在克洛驰餐厅等他，坐在他的老地方，雨衣叠放在大腿上，喝着一杯酒。他并不担心，虽然他之前表现得很傻，但戈尔斯基不可能知道他在说谎。如果戈尔斯基有证据，早就对他正式讯问了。几天之后，一切都将烟消云散。

第十章

Chapter 10

晚饭时茱莉亚特没有出现，她的父母就警惕起来。晚上下了一晚暴雨。首先，警察没有过多关注，他们觉得可能是女孩出门散步，在哪个地方躲雨。直到早上她还没有回家，搜寻队很快便找到了她的尸体。这个案件一下子轰动起来。茱莉亚特的照片成了法国所有报纸的头条。恶魔一定还在逍遥法外。记者们对比其他未破的案件的相似点，不过调查没有发现该案与之前的案件有什么联系。

戈尔斯基那时只做了两年的检察官，案件发生时，他的上司列贝利正在瑞士阿尔卑斯山度假，所以担子只能落在这个年轻长官的身上。前一晚的暴雨破坏了犯罪现场的证据，戈尔斯基在新闻发布会上，因不能迅速断案，遭到了恶意的谴责。其实，直到第二天早晨警员向他报告，他才得知这次的失踪案，负责此事的是警局当天的值班警官。不过戈尔斯基觉得，这样告知公众并不妥，也不会让大家满意。

两天后，列贝利回来了。他马上就要退休了，也不想压过戈尔斯基的势头。其实，缺乏证据与明显动机（尸检表明没有性侵痕迹），他的经验告诉他很难快速或是成功破案。其实，他明确告诉过戈尔斯基，公正必须在众人面前得到彰显。戈尔斯基明白其引申意义。但是，他依旧下定决心，自己的第一个重大案件不会迫于上司或是媒体的压力就早早结案，毕竟后者每天都在报道案件的最新进展。

戈尔斯基连续盯着案发现场的照片看了数小时。怎么解释尸体奇怪的位置？女孩似乎是站着被人掐死，然后被推到地上。死亡前，她在和杀人犯一起散步吗？或者杀人犯跟踪她走进树林？或者这只是随机案件，杀人犯早就潜伏在空地附近？或者树林不是第一案发现场，不过这不太可能，毕竟没有试图掩藏尸体的迹象，但也不能完全排除。显然媒体有一点是对的：恶魔还未归案。

戈尔斯基一直坐在尸体被发现的空地上。警察仔细搜查后，没有发现任何蛛丝马迹。他静静地坐在那儿抽烟、聆听、观察，好像期待着树木让这个秘密昭然于天下。这是个教训：警察的工作与直觉或是灵感无关，它需要严格按照程序，剩下的就是运气。

运气出现在了谋杀案发生的两周后。警察在附近的街区抓到了住在某个树林里的一个流浪汉。他叫艾米尔·马卢，之前因对未成年人性骚扰而被判入狱。戈尔斯基开车到流浪汉的聚集地去找他，马卢很配合，但他坚称自己从未去过圣路易斯的树林，也从未见过茱莉亚特。他没有那天的不在场证据，也不想伪造任何证据。他只是说忘了去了哪儿。戈尔斯基觉得他是无辜的。鉴于他之前试图性侵一个十四岁的女孩，戈尔斯基提醒地方预审法官，此案没有性侵的痕迹，没有证据表明马卢与案件有任何关系。

接着来的是当地的一个寡妇。她说大约在案发时，她见过一个鬼鬼祟祟的人出现在树林附近。她不记得是哪天，但她在身份指认时，指出了马卢，在此之前，马卢的照片已经出现在了报道中。这足以让地方预审法官定案。马卢被起诉定罪，但戈尔斯基依旧不信。他去监狱探视马卢，告诉他自己相信这是误判。这个流浪汉只是耸耸肩，拒绝上诉。他似乎很乐意在监狱中度过余生，这总比流浪舒服。“我这么大年纪了，不能再靠流浪为生。”他告诉戈尔斯基，“在这儿，我有床和一日三餐。”不过，戈尔斯基还是发誓继续调查。如果马卢是误判，那真正的杀人犯还在逍遥法外。几个月来，戈尔斯基每逢周末就会去树林散步，希望找到被忽略的线索，但他知道自己只会无功而返，最后他只得放弃了。几年后，马卢死在了监狱里，戈尔斯基是唯一一个在他被稀里糊涂拘押后的探视者。

几年后，戈尔斯基再一次回到那片空地。同以往一样，他把车停在 D468 号的侧路停车带上，这条路可能会通往莱茵河北部。树林门口的小木门上的白漆已经斑驳，侧柱也锈迹斑斑。他往空地走着，努力不去想回来的缘由。他没有告诉任何人自己去哪儿，万一碰到谁，只能尴尬地解释自己的出现。他专注地听着脚踩树枝的噼啪声，还有微风中叶子的簌簌声。

案件刚刚发生后，戈尔斯基会定期回到空地。后来，回去的次数越来越少。审讯后，他接受了媒体对他破案的赞美，把自己对马卢定罪的疑虑埋在心底。如果他的同事也有类似的怀疑，也不会向他人吐露。有次，他向妻子赛琳坦白自己的不安，却被她一阵轻视。已经结案了，他为何要揭开旧伤疤？从一开始，她就觉得他对这个死去女孩的着迷毫无意义。她抱怨他对尸体的在乎远远超过了自己。

随着戈尔斯基前往空地的次数越来越少，他觉得自己越发愧疚，好像是离开妻子坟墓的鳏夫一般。一开始，他去空地是相信一定有线索被忽略了，就在他的眼前。但几个月后，戈尔斯基知道没有任何线索，即便有，也早被破坏了。但他还是去。他会坐在那儿抽烟，希望灵光突然闪现。虽然这么说很尴尬，即便是自言自语，他还是期待可以“看到”案发的过程。他试着换位思考，站在杀人犯的角度，但依旧毫无头绪。一次，他听到电影中的角色说行为会在一个地方留下印记，就好像是火会在空气中留下木炭的味道，他压根儿不相信这种胡说八道。他也会走神儿，直到在口袋里摸烟，才回过神儿。有一件事很显然：对杀人犯而言，这是最安静的地方。无论戈尔斯基何时来此，他没有遇到过任何人。

这里与戈尔斯基上次来没什么两样。几年前，暴风雨吹倒的几棵树上早就长满了青苔，像极了沉睡的尸体。戈尔斯基坐在一块倒塌的树桩上，从夹克里取出烟。树下非常凉爽。这里看不到二十年前的痕迹，戈尔斯基在空地上吸着烟。他也不知道为何回来，但是服务员的失踪让他自然联想到了茱莉亚特的谋杀案。两个案子会不会有关系？案子都涉及少女，发生在同一个地区，只是间隔了二十年。这个杀人犯可能潜伏了几年，类似的事也不是没有，也说不定其他地方的未破案件就是这个人所为。所有的可能性中，两个案子的唯一联系就是戈尔斯基自己。无论怎样，阿黛尔的尸体出现前，戈尔斯基都不能确定这是不是杀人案。此时此刻，谋杀是他脑海里出现得最频繁的可能。没有尸体，他没有线索，不知道死亡时间或原因，也没有动机。为了找到实在的线索，他在树林中徘徊，虽然希望不大，但他仍期待找到灵感。戈尔斯基摇着头，鼻子轻哼一笑。除了等，他无能为力，几年来，他从来无法控制案子的发展方向。

抽完烟，他把烟头踩灭。他感到很厌倦，裤脚也被苔藓打湿。他慢慢走回到停车的路边。开车回程时，他经过了茱莉亚特家租住过的小屋。他开车回到圣路易斯，停在一家食品店门口，接着下车买了点水果和其他东西。收银台的女人问他有没有找到女服务员。

戈尔斯基摇摇头，“我不能说太多。”他说。

女人看着他，好像戈尔斯基对她说了什么心里话。

“保守你的秘密吧。”她略有深意地点点头。

“感谢您的理解。”戈尔斯基说。

他要了两包香烟，放在口袋里。他决定走十分钟到三王路，在那儿原来他父亲的当铺已经改成了花店。父亲死后，戈尔斯基无心清理店铺，闲置了好多年。出于某种原因，他很乐意看到它变成花店。花店老板贝克太太是个积极乐观的人，她会定期拜访戈尔斯基仍住在楼上的母亲。花店老板常把店里剪下的花带给戈尔斯基太太，为她装点客厅。花店后门还是连着公寓，戈尔斯基推开门，门上叮当响的黄铜铃是父亲店里为数不多的回忆之一。他进门时，贝克太太正在招待一位客人。戈尔斯基指指收银台后的楼梯，向着公寓走去。花店老板对他打了个招呼，挥手示意他过去。

在戈尔斯基童年时，商店营业到晚上十点，放学后，他就会坐着小凳子把书本放在大腿上写作业。当时，他父亲会穿着棕色的工装，耳朵上别着一根铅笔，斜靠在收银台上。他的母亲坐在后面摇摇晃晃的桌子旁，把新生意记在大皮边本上。她的字迹漂亮工整。到六点时，戈尔斯基太太会上楼准备晚餐，记账的任务就落到了小戈尔斯基肩上。他觉得这是一项庄严的任务，他伏身在笔记本上，咬紧牙关，知道父母的生计取决于他记录的精准。

商店里摆满了珠宝，还有无弦乐器、小古董、家具、军事用具、银盘、书本和动物标本。无论有没有价值，老戈尔斯基的法子是给进店的每个物品定价。“你永远不知道客人下次会带来什么。”他总这么说。商店里闻起来有股霉味。窗边的货物堆得很高，光线很难照进屋子里，所以老戈尔斯基屋内的光很暗。“有尊严的人都不屑走进当铺，”他总这么说，“他们进来时也不想被照亮。”

大约在七点，老戈尔斯基会从收银台后走出来，默默翻过门上挂的牌子。接着，他会脱下工装，仔细整理衣领，走上楼吃晚饭。老戈尔斯基从不休息。

戈尔斯基轻轻敲着门。他一周来一两次，但母亲见到他总表现出巨大的惊喜。每次打开门，她总会高兴地喊道“乔治斯”！同时热情地亲吻他的两颊。

“我给您带了点东西。”戈尔斯基说着把商店的纸袋放在厨房台子上。

“乔治斯！跟你说了多少次啦，你还是不肯听。”她说。

戈尔斯基夫人八十多岁了，除了关节炎让她出行不便，她的身体很好。她丝毫没有老年痴呆的迹象，也不愿听到在老年公寓生活会更开心的建议，更不会考虑与儿子同住。

“我不想成为负担，”她说，“不管怎样，这是我的家。”

戈尔斯基从不想强迫她。一想到自己的母亲被困在这个小公寓里，他就一阵伤感，但让母亲与赛琳住在同一屋檐下的想法又太过可笑。他从不与妻子讨论这个话题。

戈尔斯基夫人一边准备沙拉与他买来的沙丁鱼罐头，一边开心地与戈尔斯基谈话。他把东西拿到客厅的桌子上，两人坐下来吃饭。他倒了两小杯甜白葡萄酒，这是他母亲喜欢的酒。

老戈尔斯基与夫人在白天很少谈话。要是白天商店里出现一个极为有趣的东西，或许他们会在晚上谈谈，当然这种情况鲜有。客户在场时展现出热情或是兴奋都有失商人作风。老戈尔斯基早就练成了一番单调的语气，无论是给昂贵的画作还是不值钱的时装珠宝报价，皆是如此。晚饭后，他会拿起当天的报纸，读上半个小时，接着再去克洛驰餐厅，喝上两三杯红酒，或者与当地的其他商店老板们打牌。

戈尔斯基太太每个月都会去周六市场。从十二岁起，年轻的戈尔斯基就开始记账。周六是重要的生意日。周末很少有东西送来，因为客人只喜欢在商店安静时做这种丢人的事。不过，周六是销售日。从早上六点开始，戈尔斯基便会和父亲分拣出到了赎回期的物品，接着把它们放在商店显眼的位置。每个周六，老戈尔斯基便会一抛平日单调的声调，生动介绍着物品的做工、稀有与美丽。他不会强迫客人去买，而是用自己的热情与专业去吸引他们。他从不解释自己的策略，但他知道儿子的观察细致入微。戈尔斯基明白自己不知不觉地被引入业务之中，是理所当然的接班人。

不过，戈尔斯基青年时选择了不同的方向。他意识到了父亲生意的另一面。警察会时不时地来到商店，他们不是穿制服的警察，而是那些穿着褶皱的雨衣、令人讨厌的侦探。他们总会问老戈尔斯基最近有没有囊入这些或那些东西。老戈尔斯基也总会仔细考虑后再缓缓摇头，或是大喊自己的妻子："戈尔斯基夫人（在店里时他对妻子的称呼），可以帮我把周三那条银项链拿过来吗？"

如果东西恰巧是侦探们找寻的，老戈尔斯基会透露客户的名字，还会模糊地勾勒下客人形象。侦探们会感谢他，带着东西离开。他们走后，老戈尔斯基从不会掩饰自己的情绪。毕竟，他花了钱，后来戈尔斯基才明白，父亲把这些东西当成职业病，更准确地说应该是必要的营销花费。

戈尔斯基慢慢可以认出某些客人，他们都有自己的特色。他发现父亲给他们的报价会低，但他们从不讨价还价或是带着东西离开。他们基本都能接受老戈尔斯基的报价。戈尔斯基知道自己的父亲其实是警察与看似温和的盗窃犯、小偷和投机者的中间商，他们利用的都是父亲的服务。

戈尔斯基开始期待着侦探的到访。他羡慕他们与父亲交往时的高尚。他们都明白怎么回事，但从不会违背自己的原则。一个警察让戈尔斯基格外入迷。他五十多岁，比其他人略为健谈。在他谈到正题前，他会浏览上十分钟，评价某些商品。他似乎懂点艺术，有时还会对他关注的某幅风景画或是画像长篇阔论。他看起来挺喜欢老戈尔斯基，正是检察官列贝利的出现，让老戈尔斯基差点一改工作日的单调。他喜欢与列贝利探讨画作，会同他站在某幅画前，与他一起评价画家，或是谈论绘画采光的方式。讨论到高潮时，检察官会突然停下，言归正传。接着，两个男人就会恢复自己的职业作风，好像什么都没发生一样。

戈尔斯基十六岁时，父亲就期待着他辍学，逐渐接手生意。他的父母从未问过他的梦想，随着毕业之际的到来，他们显然没想过他会愿意继续学业。他们不觉得教育有多重要，嘴上说的都是他常来当铺才是好事。

一想到自己会让父亲失望，年轻的戈尔斯基就会倍感压力。几周里，他一直考虑如何打开话题，当然谈心是不可能的，戈尔斯基家很少聊天。在商店中，他们只会讨论生意，晚饭时也基本保持沉默。年轻的戈尔斯基开始怨恨父亲的理所当然，怨恨他不考虑自己更高尚的追求。他的脾气越来越坏，也越发不听话，以这种不成熟的方式激起父亲的疑问。不过，老戈尔斯基没有任何反应。

最后，戈尔斯基只能妥协。一晚，清理盘子时，他宣布：我要做警察。

老戈尔斯基从报纸中抬起头，透过老花镜框看着自己的儿子。他张了张嘴，缓缓点点头，好像这是他长久以来的期许。

“不错的职业，”他说，“我认识很多好警察。”

他的视线回到报纸上，半小时后，他穿上外套，像往常一样去了克洛驰餐厅。

一周后，放学回家的戈尔斯基被叫到了楼上。列贝利检察官正坐在饭桌上，喝着一小杯白兰地。老戈尔斯基紧张地站在窗户边，好像坐在检察官旁并不礼貌。戈尔斯基站在桌子一旁，列贝利检察官脸很长，眼睛又黑又小。

“你父亲跟我说你想做警察。”

“是的，先生。”戈尔斯基回答。

检察官点点头同意了，好像这是第一次听到有人这么说。

“一名侦探，”戈尔斯基克服了自己的羞涩，“我想成为侦探。”

检察官又点点头：“你应该继续学业。十八岁的时候来找我，到时我们顺其自然。”

一切尘埃落定，戈尔斯基继续上学。他的父亲不再让他在当铺帮忙。或许他觉得没什么意义，或者不想让未来的侦探发现自己业务的更多问题。父子俩从没有谈过。戈尔斯基一到周末就去一个家庭农场做工，他喜欢在外面，远离当铺陈腐的气息。他用自己赚的钱买侦探小说或是与犯罪学、心理学有关的书。他喜欢西墨农（法国侦探小说家），从神秘莫测的梅格雷身上学习他理解的侦探的精妙艺术。

十八岁终于来了，戈尔斯基来到列贝利的办公室。检察官说他本该像其他警察一样巡逻。戈尔斯基感到疑惑，这好像是在说他与其他警察不一样。戈尔斯基在巡逻表上排了三年，但列贝利总把他从值班名册中划掉，带他去调查犯罪现场或观察对犯罪嫌疑人的审讯。他知道自己是检察官的接班人。一开始，知道要去盗窃或骚扰现场，他都会很激动，但很快就发现自己的犯罪学知识只是九牛一毛，检察官总会超过他，虽然检察官看似反应迟钝，对午饭更感兴趣。检察官一般也是在克洛驰餐厅吃午饭。他还发现，圣路易斯镇的查案过程基本没什么阻碍，镇上的检察官也不会在午餐时过量饮酒，也不会在下午的酒吧里逗留，更不会与酒吧老板共饮。戈尔斯基觉得这就是自己想要的生活，有一天自己甚至会离开圣路易斯。只要在二十多岁做了侦探，他就会搬到更令人兴奋的地方——斯特拉斯堡、马赛甚至是巴黎，总之是充满犯罪、暴力与谋杀的地方。

戈尔斯基从警后，就搬到了父母家旁的一个小公寓里。他每周六都会定期回去吃午饭，不过依旧没有交流。老戈尔斯基从来不打听儿子的工作。戈尔斯基会不自觉地关心当铺，但显然父亲已经力不从心。他的身体越来越差，也没有可以继承事业的儿子，再劳累还有什么意义？

戈尔斯基进入公寓需要穿过的当铺总是乱糟糟的，与之前大相径庭。以往老戈尔斯基总是能在几秒钟内找到几年前买进的东西，现在东西总是混乱地挤在一起，或是未经分类地扔在盒子里。戈尔斯基总会尽快走过当铺，他知道自己伤了老人的心。

老戈尔斯基不可能退休，他最多就是不想干了。他死于尘肺病，医生说就是多年来在灰尘遍布、通风不良的当铺中工作所致。他度过了两年的黑暗时光，就坐在当铺楼上窗户旁的椅子上。就是这时候，戈尔斯基开始调查茱莉亚特的案子。这不仅是当地人记忆中最轰动的事，也是戈尔斯基真正感兴趣的案子。父亲瘫痪后，戈尔斯基去得更频繁，有时会带点吃的或是鲜花，装点冷清的屋子。

“你抓到那个浑蛋了吗？”儿子一出现在门口，老戈尔斯基就问道。

“还没呢，爸爸。”戈尔斯基回答道，直到马卢被定罪，他依旧这么回答。

戈尔斯基太太从来不问儿子的工作。她毫不掩饰自己对他的自豪，但也不想打听他的日常工作。她当然知道儿子现在在调查阿黛尔的失踪案。她像每个人一样看电视、看报纸，只是不感兴趣。其实，自从儿子上次来，她就喜欢自言自语地谈着那些顺道拜访她的人。戈尔斯基不愿与母亲谈论调查，而听她不停地讲着他不认识的人是一种放松。

戈尔斯基洗干净碗，穿上夹克。

“我要走了。”他说。

“别担心我。”她说。

戈尔斯基从花店穿出去，回到车上。灯光很暗，街道很安静。戈尔斯基把车停在警局外。他锁车的时候，看到街对面的一个男人冲他举起了手。那是个年轻男人，二十岁左右。他把香烟扔在走道上，走过了马路。

“戈尔斯基先生？”他看起来很紧张。他盯着戈尔斯基的上腹，好像知道会被人打后脑勺一样。戈尔斯基马上反应过来他就是摩托车上那个年轻人。

“是的。”

“我想跟您谈谈，我知道您在调查阿黛尔的失踪案。”他说。

“是的，你知道些什么？”戈尔斯基说。

男孩点点头。戈尔斯基把他带到警局楼上。施密特坐在玻璃隔墙后的工桌上，他无聊地抬起头，匆忙地打开门。男孩跟着戈尔斯基走进楼道，戈尔斯基把他带进一间审讯室，接着出去端来了咖啡。

第十一章

Chapter 11

茱莉亚特刚死的那几天，曼弗雷德很麻木。痛苦、内疚、恐惧占据着他的内心。还好，他的外祖父母习惯了他长时间在屋里，独自一人。第一晚，他没有跟外祖父母吃饭。自己的爱人皱巴巴地躺在地上，死在树林里，他怎么能坐得住？不久之前两人还一起度过了最激情的时刻，可他却杀了她？当然，自我保护的意识让他待在屋里。如果有人看到他，一定会觉得他有罪。

暴雨席卷的那个夜晚，曼弗雷德不安地躺在床上，想着茱莉亚特的尸体湿漉漉地躺在那儿。他看着大风呼啸着穿过她的棉裙，雨水打湿了她前额的发丝，他只能抑制住自己的冲动，不要跑进树林里抱起她湿透的尸体。他没有去，他必须睡觉，只有这样，第二天一早醒来，才可以在前一日的事件袭来前保持片刻的清净。

暴雨在空气中留下了一股湿土的味道。曼弗雷德在十点钟走下楼，他的外祖母在花园里。厨房里的管家忽略了他，他自顾自地拿着一片面包抹上黄油，咬了一口，他无法下咽，只能扔在垃圾桶里。接着，他回到了自己的房间。后来，楼下传来一阵嘈杂，原来是谋杀的消息传到了家家户户。一般仆人们只会轻声细语，像是在图书馆一样。曼弗雷德躺在床上，等着警察，但没人过来。他觉得自己前一日应该去吃晚饭。从现在开始，他知道自己必须表现得正常自然。

当他出现在餐桌上时，外祖父疑惑地看着他。曼弗雷德的表现一如既往，垂下眼、默默不语。他可以听到厨房的仆人们谈论着案件，不过晚饭时，除了对暴雨的无聊评价与外祖父的工作，没人提起案子。曼弗雷德觉得很可笑，他的外祖父母竟然表现得好像什么也没发生过一样，好像他的世界没有终结。当然，没人觉得他是杀人犯。他强迫自己咽下几口饭，接着借机提前离开。他走上楼，躺在床上。

接下来的两三天，曼弗雷德已经习惯了自己的正常表现。他会按时吃饭、藏在自己房里，甚至强迫自己在白天出门，当然，他不会去树林。他没有对案件表现出丝毫好奇，也没有假装不感兴趣。他把自己想象成一个演员，准备的角色就是“之前的自己”。他并没有因为自己依旧逍遥法外而沾沾自喜，对自己的命运毫不关心。他终于明白为何没人怀疑他。新闻上还有仆人嘴里谈着的是个恶霸，树林里的某种野兽或是随时可能再犯的野人。女仆们害怕出门，女人们也被告知不要独自上街。在他们眼中，曼弗雷德只是个男孩。没人觉得凶手是个男孩。

第四天或是第五天的傍晚，曼弗雷德听到一个侦探走进了会客室，过了几分钟，外祖父才过去。曼弗雷德的外祖父看不上警察，应该是故意让他等着。低声谈话传到了曼弗雷德的耳朵里。他觉得侦探应该五十多岁，皱巴巴的西服外应该穿着一件褶皱的雨衣，整齐平分的灰发，又窄又亮的双眼。谈话声慢慢停止，接着他听到了走路声，他的外祖母开始在楼下喊他的名字。

曼弗雷德坐在床沿上。他想象着自己铐着手铐，坐上等待已久的警车，一群凑热闹的人在旁边指手画脚。看他走过来，声音会越来越小，他会听到他们悄声说：他不过是个男孩，还没成人啊。

曼弗雷德站起来，慢慢走到楼梯旁。石头就要落地，他觉得自己松了口气。侦探会直接给自己定罪，还是会巧妙地问问题，慢慢揭开事实？这种策略应该没必要，曼弗雷德不打算否认。

侦探和他想象的不同。他很年轻，可能三十岁，谦虚、平易近人。他站在那儿，看起来有点紧张，背对着一个大壁炉。桌上的咖啡没人动过，会客厅也很少用。这是个很大的正式会议室，即便是夏日的高温酷暑也无法影响房里的清凉。

“这是我们的孙子。”外祖父介绍道。他的语气里带着一丝歉意，曼弗雷德背靠着门边的墙，侦探也没让他坐下。

“我在调查茱莉亚特的谋杀案。”他说道。曼弗雷德惊讶地发现自己听到她的名字竟没有脸红。

“你的外祖父母说你经常去尸体发现的树林里散步。”

“是的，”曼弗雷德说，“我有时候去读书。”曼弗雷德觉得这么说是表明自己愿意配合查案。

“我觉得你在树林里应该没见过女孩吧。”

曼弗雷德对他的说话方式感到惊讶。这似乎是让他否认，好像他已经知道答案是否定的一样。否定比承认简单得多。

“是，我没有。”

“茱莉亚特被杀那天，你应该在树林里吧。”侦探接着说。

“没有，我那天去河边了。”

他的谎言让自己感到惊讶。在那一刻前，他准备好在第一时间认罪。但这个谎言凭空而至，他马上觉得自己编得不错。没人知道他那天在哪儿，这些地方都静无一人。

“好吧。”侦探说道，他略带失望的语气也很快消失，“你也从未在树林附近见过什么鬼鬼祟祟的人？”

这还是个否定的问题。或许，曼弗雷德觉得侦探问这些问题时，从不期待任何肯定的回答，他问曼弗雷德的问题没有意义，只是要排除一个可能的目击者而已。

“没有。”这倒是真的。

侦探点点头，好像曼弗雷德的回答如他期待的一般。他叉起手，按时问询已经结束，对自己的打扰表示歉意，接着离开了。曼弗雷德回到自己的房间，躺在床上盯着天花板。他没有任何释怀，只是觉得自己的逮捕会被推迟。从某种意义上看，他有点失望，早点结束该多好。

假期结束后，曼弗雷德回到了学校，他完全脱离了同龄人的圈子。他总是处在边缘，他的孤儿身份让他的同学孤立他，这也给了他一道藏身的屏障。虽然他表现怪异，但人们都把这归咎为他的经历。他总听到这类悄悄话。现在，曼弗雷德完全封闭了自己。他的同学们虽然也会调情约会，但他只是默默观察。看起来也没人在乎。他总是很难融入，现在他看似是放弃融入了，这对谁都不是损失。曼弗雷德虽然也想参与，成为人群的一部分，但多数时候他都是有所保留的。他形成了一种优越感，他的同龄人不过是孩子，喜欢逗笑，沉迷于穿衣打扮的女孩子不过是些傻子，与茱莉亚特完全不同。穿着皮夹克、抽着烟的男孩也令人鄙夷。没人知道他，曼弗雷德·鲍曼，所经历的最深重、最自豪的爱，以及让他脱离正常社会的行为。

曼弗雷德得知马卢的定罪后深感失望。他不想认罪，也不对马卢的定罪感到高兴。显然,在侦探到访后,曼弗雷德只想“忘记”。

就在此时，曼弗雷德经历了第一次偏头痛，坐在书桌旁的他毫无征兆地头痛，至少他没意识到什么表征。他所知道的就是头部一阵剧痛。他被送到了学校医务室，当班的护士坚持找急救车。认为他说不定长了动脉瘤。医生仔细给他做了检查,让他放松的是,他无须去医院。

曼弗雷德没有告诉外祖父母这个突发事件，虽然他没在家吃晚饭，照样没人质疑。接着，他每隔几周就会头痛，每次持续一两天，痛完后的几天都会让他精疲力竭。曼弗雷德拉着窗帘，一连几天都躺在屋里，他把头捂在被单里，一丁点声音都可以在他头骨里嗡嗡作响，每次头痛发作，他就完全失去了时间意识。每一分每一秒都好像陷入了泥潭之中，过得极为缓慢，一整天也像是在日历上罢工一般停缓，曼弗雷德几乎什么都想不起来。

即便是对无神论坚信不疑的曼弗雷德也觉得这是对他的惩罚。但是既然上帝没有报复心理，那是什么力量控制着这类刑罚？虽然痛苦，这些年头还是让他恼怒；宇宙是混乱无序、毫无意义的。不过，头痛与茱莉亚特的死脱不了干系。

一切终究瞒不过他的外祖父母。虽然他极力反对，外祖母依旧坚持给他约来家庭医生。法布尔医生是个中年男人，头发油腻稀少、脸上透着光泽。看着曼弗雷德坐下，他高兴地笑了笑，他身上闻起来有一股很重的烟味。

“我听说，你头痛。”他说。

“是的。”曼弗雷德说。同时，他松了口气，他无须解释自己的病症。不过外祖母肯定向他简述了自己的情况，好像他还是个孩子，这让他尴尬。“头痛”似乎不是一个可以占用医生时间的合理缘由，特别是连他自己都觉得这是种惩罚。

法布尔针对头痛的表现、性质以及持续时间问了一系列问题。他似乎很重视曼弗雷德的抱怨。

“如果用一到十形容头痛等级，你觉得你的头痛如何？”

曼弗雷德打算说“十”，但这一来就显得很可笑。他之前看过一些折磨人的方式，那些法子无疑更痛苦。同时，他也不想显得很矫情。

“七级。”他说。

“七级？”医生拉长声音重复着。

“或许是八。”曼弗雷德说。

法布尔让他说说头痛时他会做什么。

“我就是闭着眼躺着，好像我自己也变成了痛，除此之外我什么也不考虑。”

“头痛前，你有什么不寻常的感觉吗？”

曼弗雷德茫然地看着医生。

“可能是异样的光，一种闪烁的光？像个光环一样？”

曼弗雷德点点头。这就是他所期待的。他不会把它形容为光环，因为他不喜欢带有神秘色彩的表达，他会说就像是透过彩色玻璃看世界，不同的色彩相互交织。法布尔微笑着，显然是满意自己的准确诊断。他解释说曼弗雷德应该是患了某种偏头痛，这是曼弗雷德第一次听到这个词。法布尔接着说，偏头痛的病因未知，也没有治疗方法。唯一的可能就是控制发病条件。

曼弗雷德一阵失望。法布尔正确的症状分析本来让他觉得治疗有望。

“你这个年龄出现偏头痛也很正常。随着时间推移，发病频率会逐渐降低，直至消失。”

法布尔让曼弗雷德记录他的日常饮食、体育锻炼、睡眠方式以及焦虑与失望的情绪。发病两次后他们再进行会诊，到时候会看看他的日志，寻找任何可能的病因。他说，治疗偏头痛最重要的方式就是形成规律，并坚持规律。

曼弗雷德失望地离开了。像医生说的那样，之后的两周他都在记日志，但是头痛发病时，他就不再记录，之后也再没与法布尔医生会诊。

随着学习时间的流逝，曼弗雷德对同龄人的孤立与漠然让某些女孩子着迷。他长成了一个英俊的年轻人，但他对自己的样貌漠不关心，或许正因为这样，一些女孩子觉得这是种魅力。有个叫索尼娅的女孩午餐时总围着曼弗雷德，她会坐在他附近，评价他正读的书。她的鼻子很大，胸部下垂，厚唇，穿衣打扮也很老气，曼弗雷德觉得应该是她妈妈做的。要是放在夏天的意外之前，曼弗雷德一定会觉得她是个志同道合的人，但现在，他一点都不想考虑她。她不是茱莉亚特。但是，曼弗雷德对她越冷漠不屑，她就越入迷。他无心驱走她，除去某些原则，他也不想真的避开她，所以他们经常坐在一起，但多数情况下，只字不语。有时，曼弗雷德听到有人嘲笑说索尼娅成了他的女友。这些流言蜚语对他来说什么也不是，他身边的白痴不知道两人的关系，他也不会出卖索尼娅去反驳他们。

从另一方面看，曼弗雷德也很适合与索尼娅相处。虽然除了茱莉亚特，他谁都不喜欢，但学校环境诱惑着他，他没办法对长着细绒毛的颈部、深棕色的小腿还有若隐若现的胸罩带视而不见。他开始频繁地手淫，这成了他早上睁开眼、放学回家的第一件事，无论有没有冲动。就是因为无法控制自己的性冲动，才造成了茱莉亚特的死，他给自己定了协议，随时约束自己的恶意行为。他与索尼娅在一起意味着其他的女孩要与他保持距离，索尼娅反而成了缓冲。

曼弗雷德的学业不断下滑。他的麻木让他无视一切，无论是现在还是未来。他不是故意造成考试失败，只是不知道也不愿回想答案。他不是老师眼里的好学生,虽然成绩不错,但他缺乏魅力。他总是坐在教室最后面，从不举手，回答问题时也是一个字一个字地蹦。他总是阴沉沉的。唯一发现曼弗雷德表现下滑的是他的法语老师,二十多岁的贝克特先生。他留着让人难以置信的小胡子，穿着灯笼裤、粗布衫、花呢夹克，好像这种中年人打扮让他看起来更老练。曼弗雷德发现他的胡子是为了掩饰小下巴与大嘴,除此，他的样貌不算差。贝克特犯了新老师的错误：希望得到学生的喜欢。但是课本上的内容总是给他带来麻烦。只要课程影射性行为，他就会脸红，他一度是曼弗雷德最喜欢的老师。

之前几年，他们常在课下谈那么几分钟。曼弗雷德在母亲去世后不久写了一篇名为《局外人》的文章。他写道：“对局外人而言，最大的冲击不是曼弗雷德对母亲去世的漠然，而是他人对这种漠然的敌意。”贝克特对着曼弗雷德读出了这句话，问他是什么意思。曼弗雷德耸耸肩。他既高兴贝克特的关注，又有些尴尬。其实，他也不知道自己的意思，只是觉得贝克特会把它当成引子，跟他说话。看着曼弗雷德不语，谈话也就终止了。“不过，文章写得很棒。”贝克特说完，就拿着文章回去了。

虽然对话夭折了，曼弗雷德还是觉得自己与贝克特建立了某种关系。他把自己的老师想象成一个尴尬、幻想破灭的年轻人，总是在外寻找着融入的方式。他曾一时高兴地想着跟贝克特在咖啡馆见面，一同谈论某本书或其他文学作品。他们会一起抽烟，喝咖啡。有时，贝克特会停下来，在餐厅跟曼弗雷德谈一会儿他正在读的书。看他的柔弱及怪异的打扮，有人谣传说贝克特喜欢男人。每次他停下来，曼弗雷德都会察觉到其他同学的关注。探讨是曼弗雷德最喜欢的事情，但这么做好像又不合适。每次情况总会变得尴尬，贝克特就会离开，还不忘无力地说一句“继续吃饭吧”，或是“真不该打扰你吃饭”。

开学几个月后，贝克特让曼弗雷德坐在教室最后面。他无精打采地坐在最后面的椅子上，贝克特就坐在旁边的位子上，这个夏天他刮了胡子，嘴边的皮肤看起来粉色柔弱。

“你还是你吗？”他说。

“我希望我不是我了。”曼弗雷德说。

“我很担心，”说着，贝克特拿出了曼弗雷德的一篇关于欧美经济学史的文章，“这是……”他摇摇头，没有继续说下去。曼弗雷德耸耸肩。

“你之前是我最好的学生。”

“我不喜欢经济学史。”

贝克特继续说道：“这不是喜欢不喜欢的问题，这一篇文字满是怒气。你之前写作那么好，还有自己的见解。”

曼弗雷德看着教室前方。

“我只是想帮你。”他说。

曼弗雷德没有说话。

贝克特嘴巴微张：“你的外祖父母对你怎么样？你们一起生活，对吗？”

曼弗雷德转过头看着他。他想着老师每天的白日梦都是教育学生，关心他们。或许，他晚上可以回家写一本关于老师爱上学生的故事。但老师没想到自己面对的是圣路易斯的野兽。曼弗雷德狠狠拉开凳子，站起来。

“我不喜欢可怜的同性恋来帮我。”说完，他就拿起包与夹克，离开了教室。贝克特静静站了一会儿。第二个学期，他就辞职了。

第十二章

Chapter 12

到了周三早上，曼弗雷德想见到爱丽丝的兴奋被某种恐惧冲散了。他不敢想象自己与爱丽丝的一晚被自己的尴尬破坏。他一整天都在找理由取消约会，但又想不到什么恰当的说辞。不过，爱丽丝没有给他留电话，除了在大厅等着，他也没法联系她。他唯一的方式就是爽约。先不说礼貌与否，他还想着再次与爱丽丝偶然相遇，他知道爱丽丝应该不是那种好说话的人，他别无选择，只能赴约。

曼弗雷德吃午饭时就在想自己要不要告诉帕斯特自己今晚不来了。他的缺席一定会被关注，很可能让他成为怀疑对象。他觉得勒梅尔一定会说自己可能去跟踪另一家酒吧的女服务员了，或是阿黛尔失踪，他没脸出现了。如果这样，第二天晚上，他就要忍受勒梅尔的胡言乱语："现在好点了吧，瑞士人？"想到这些，最好还是要提前铺垫。他去吧台付钱时，帕斯特轻声说："再见。"

曼弗雷德抓住机会："其实，今晚我应该不来了。"

他顿了一会儿，等着帕斯特的反应。帕斯特把数好的钱放到抽屉里，接着抬起头，好像在质疑为何他还没走。曼弗雷德不知道他有没有听到。

"明天见。"终于，帕斯特开口了。

曼弗雷德点点头离开了。下午过得很慢。到了五点，他离开银行，赶回了家，洗了个澡，又刮了遍胡子，一条白浴巾系在腰上。接着他在厕所镜子前看看脸上有没有漏刮的胡须，用柜子里的剪刀剪了剪鼻毛。他用冷水拍了拍脸，拍干水后又涂了层面霜。曼弗雷德对自己的个人卫生感到自豪。很多次，西蒙那儿的几个女孩都夸他很香。他长得也不赖，会不会爱丽丝也觉得他很有魅力？

曼弗雷德回到卧室，穿好衣服。他每年都会从米洛斯路的那家裁缝店买一套西服。老裁缝总会热情地问候他，顺道关心他外祖父母的身体健康。早些年，他还会告诉曼弗雷德的当季流行趋势，但曼弗雷德一点也不感兴趣，依旧要求同样的剪裁、同一个颜色。最后，曼弗雷德的衣橱里挂满了相同的西装，只有材质上有些许差别。曼弗雷德根本用不着买新西装，橱里挂的足以让他穿完这辈子。出于对老裁缝的忠诚，他还是每年都去做衣服。同样地，衣橱门后挂的是几近相同的狭长的黑领带，上面只有星星点点的鲜亮。领带都是外祖母送他的礼物，曼弗雷德偶尔会系着回去吃周六的午餐来取悦她，不过一出门就会马上摘下来。这种华而不实的配饰让他觉得自己像个爱打扮的可笑男人。他不想别人评价他的装扮，也不想考虑什么时候穿什么衣服。他唯一的休闲打扮就是松松领带，下班后解开衬衫领口的扣子。

他坐在厨房的桌子旁。现在，穿着新衣服的他对即将到来的约会松了口气。如果真的出现问题怎么办？还不到六点。他打算早点到，以便在爱丽丝到来前熟悉下环境，不过现在去可是提前了一小时。他找到了一个笔记本，开始写下一些可能的聊天话题。曼弗雷德不喜欢问个人问题，即便他知道在这种场合，这种问题是正常的。的确，如果不问点个人问题，爱丽丝可能会觉得他很自我，只想谈论自己，当然这完全不现实。他拿着笔在纸上指指点点，写了“工作”。工作很无聊，但是个极易被采纳的话题。爱丽丝已经问过他的谋生方式了，他也该反问她，否则爱丽丝可能就觉得他是个大男子主义的人，以为女人只能做家庭主妇，或者妓女。他考虑着自己如何提问：那么爱丽丝，你做什么工作呢？你是从事哪行哪业？他在脑子里不断地回想这个问题，突然觉得自己的表达很荒谬，好像是在面试未来的员工一样。他把纸卷起来，扔在了地上。他该做什么呢，从口袋里把纸拿出来，放在餐桌上参考？这只能让自己变成白痴。想得越多，他就越不能确定自己喜不喜欢爱丽丝。她漫不经心，高傲不屑。她显然习惯了自己的方式。他像傻瓜一样对她的关注沾沾自喜，却又不想陷入任何纠缠。他满足于自己的生活方式，他生活的方式就是他所想要的，不想做任何改变。这次约会是个错误。虽不能取消，但他可以礼貌明确地表示自己不想进一步深入。

六点五十分，曼弗雷德到了约定的餐厅。他沿着铁路从后门走来，以防遇到克洛驰餐厅的常客。餐厅采用了传统的橡树梁。从里面看，餐厅的天花板不高，空间异常大。墙上贴着黑色木头板，装饰着黄铜灯饰，散发出一阵黄晕，许多大盆景植物像哨兵一样站在每扇门旁。餐桌上铺着白色的硬桌布，上面放着光闪闪的餐具与玻璃杯。除了曼弗雷德，只有两桌客人。曼弗雷德被引到餐厅中央的餐桌旁，他告诉服务员自己在等人，并点了杯酒。

曼弗雷德认出了其中一桌的一个男人，那人是从事建筑生意的，前几年偶尔与银行有业务往来。他认出了曼弗雷德，轻轻点了点头。和他一起的是个女人，他们正在亲切地谈话。男人嘴里塞着食物就开始说话，用手指着同桌的女人，曼弗雷德觉得那不是他的妻子，似乎她没有注意到他的不礼貌。另一张桌上坐的是穿西服的正经人，曼弗雷德觉得他或许是正好路过镇子的销售员。他面前放着一本笔记本，他一直盯着本子看。曼弗雷德后悔自己坐在这个位置，自己就像是个博物馆的展品一样。他的酒来了，他觉得爱丽丝可能会迟到，所以几口下肚后，又要了一杯。

七点爱丽丝准时出现了，她穿着一件灰色的及膝羊毛裙，腰上系着一条棕色宽皮腰带。服务员帮她收好外套,带她到了餐桌旁。曼弗雷德站起来，伸出了手。

“晚上好。”他说。

爱丽丝忽略了他的手，反倒是亲吻了他的两颊，把手搭在他的上臂。曼弗雷德闻到了她的香气，那是种干涩的大地味道，闻起来像是大火来临前的森林。她坐下来，点了杯马提尼，视线倒没有落在服务生的身上。

“太好了，我们终于来了。”她说。

“是啊。”曼弗雷德微微一笑。爱丽丝涂着淡红色口红，她噘噘嘴，睁大了双眼，接着环视了一圈餐厅。她向前倾着身体，悄声说:“这儿跟太平间似的，我们或许可以换个地方。”

“没关系，”曼弗雷德说，“反正都来了。”

刹那间起身离开的念头吓坏了曼弗雷德，说不定爱丽丝会推荐克洛驰餐厅。服务生端着爱丽丝的酒走过来，还放下了两本套着栗色皮夹的菜单。点单很好地转移了对话的注意力，前菜上来前，爱丽丝用一个粗短的黄铜打火机点了支烟，点火时飘出了一股液化气的味道。她把头转到一边，慢慢吐出了一丝奶灰色的烟圈。

“曼弗雷德·鲍曼，聊聊你怎么样？”她说。

曼弗雷德下意识地把手放到脸上，慢慢揉着嘴边的肌肉。聊聊自己？他没什么好说的。餐厅铺着深棕色的地毯，上面还有许多黄色的螺旋。曼弗雷德觉得一阵眩晕。他试图找个借口去门口清醒一下，但他没有这么做。爱丽丝又向前倾了一下。她的手指把玩着杯子腿，腕上手表的秒针慢慢地在表盘里移动。她的裙子包围着胸，看似她没有穿胸衣。曼弗雷德抬起眼看着她的脸，她看起来很自在。

“所以，你刚搬来公寓没几个月？”这是他唯一想到的话题。他深呼了口气，好像放下了一块大石头。

“是的。”爱丽丝回答。

“怪不得我之前没见过你。”曼弗雷德说道。

这个问题问得没有必要，反倒让他看起来好像是那种关注邻居来去的爱管闲事的人，毕竟去来都是显而易见的。他只知道住在自己公寓附近的邻居的名字，因为名字就写在门牌上，他也尽可能地避免与他们接触。

“我也没见过你。”爱丽丝说道，接着瞪大了眼睛，好像这是什么令人吃惊的巧合。

曼弗雷德轻轻一笑。虽然两人的对话不过就是客气寒暄，总的来说他还是很满意的。

“你喜欢吗？”他问道。

“你是说建筑？”她说。

“住在这儿，喜欢住这儿吗？”曼弗雷德问道。

爱丽丝一声冷笑，曼弗雷德知道这个姿态，他突然觉得一阵亲近，好似两人是熟知的恋人一样。当然，这个问题还是很蠢。不就是住在一个单调的公寓里，跟其他的公寓有什么区别吗？当然了，就在一周前一只狗还在楼梯里拉了屎，还有关于更新洗衣设备持续的纠纷，不过即便她了解这些，恐怕也不觉得有讨论的意义。

爱丽丝耸耸肩：“我可能只是暂时住在这儿，我大部分行李都没带来。”

前菜来了。爱丽丝点了一份蔬菜沙拉，虽然菜单上并没有。

曼弗雷德点了一瓶昂贵的白酒。服务生给他倒了一点让他先品尝，再满杯。

接下来的晚餐她一直滔滔不绝，只是偶尔停下来喝口酒或是吃点东西。爱丽丝在婚姻破裂后，就搬进了公寓大楼。她的前夫马克经营着一家大型混凝土公司。在爱丽丝的文具公司得到为他的公司供应信纸与其他商品的合同时，他俩相遇了。马克比爱丽丝大十二岁，爱丽丝为得到他的关注而开心。很快，两人就结婚了。马克的公司开始承接一系列大型政府工程，所以他很少在家。两人都有了婚外情，显然——爱丽丝耸耸肩——两人不过是住在同一屋檐下，并不再是真的夫妻。两人的关系很友好，没有孩子，就少了很多麻烦。

“我没有做母亲的想法。”爱丽丝说。

他们每个月还会一起吃一两次晚餐，偶尔还会睡在一起。爱丽丝说到这里时自己都没察觉，但曼弗雷德一想到爱丽丝的性行为就羞红了脸。他戴上眼镜企图掩饰。

曼弗雷德发现自己不自觉地厌恶马克这个可以与女人相处融洽的男人。他或许带着张扬的珠宝，会在餐厅大声喧哗。他不喜欢爱丽丝继续见马克，他俩还会睡在一起的行为显然不正常。

爱丽丝停下来看着曼弗雷德，好像她刚刚完全忽略了他的存在。在她的自白中，他只会点点头，偶尔说句："我懂了。"他们又点了一瓶酒。爱丽丝早就喝光了自己的酒，曼弗雷德觉得有点醉意。爱丽丝去洗手间的工夫，曼弗雷德趁机付了钱。

他们沿着米洛斯路走回公寓。爱丽丝把手放在曼弗雷德的胳膊肘上，曼弗雷德不知道这是爱丽丝喜欢这样还是只是为了稳当。

他们经过了阿黛尔与朋友相见的小公园，一些人聚在一家商店外的小道上。天还不算晚，勒梅尔与自己的同伴肯定还坐在克洛驰餐厅门边的桌旁。曼弗雷德想象着如果勒梅尔看到一个女人挽着自己一同回家，会说什么。肯定是荤段子。到了这个点，街上已经空无一人了。他们到了公寓楼，曼弗雷德打开门，他们站在前厅里。

"谢谢你和我共度了一个非常愉快的夜晚。"他说。

他已经决定让爱丽丝乘电梯，自己走楼梯，在前厅分开好像不那么尴尬。

"要不要来杯睡前酒？"爱丽丝说道。

"睡前酒？"曼弗雷德重复道。

"来杯吧。"爱丽丝边说还边挠他的胳膊。

曼弗雷德找不到合适的理由拒绝。

"哪里？"他问。

她耸耸肩：“你家？我家太乱了。一半的东西还在箱子里。”

“我觉得恐怕不太合适。”曼弗雷德说着，但她已经带着他朝着电梯走去。曼弗雷德上了电梯，紧贴在电梯厢狭小的金属墙上。爱丽丝和他肩并肩站着。她的香水混杂着酒精与烟草的味道。

爱丽丝走在前边，朝着曼弗雷德家门走去。

“四楼。”她说。

“或者我们应该去酒吧，”曼弗雷德说，“我家只有威士忌。”

“威士忌不错，”爱丽丝说，“我喜欢。”

曼弗雷德打开门，带着爱丽丝走进厨房后站在桌旁。

“我再去拿把椅子。”曼弗雷德说。他打开阳台门，里面有三把椅子。

“我们为什么不坐在客厅呢？”她说。

曼弗雷德想要拒绝，但爱丽丝已经走过去了。曼弗雷德走进卧室去拿床头上的威士忌。

“和我的公寓是一样的房型。”她喊道。他回到厨房去拿玻璃杯。爱丽丝打开沙发旁的落地灯，站在书墙前。墙上的书基本是按字母顺序排列的。曼弗雷德手里拿着酒瓶与酒杯，站在门口。

“一个银行经理竟然看这么多书。”爱丽丝说。她似乎很惊讶，“你像个谜一样，鲍曼先生。”

当她这么叫自己的时候，曼弗雷德情不自禁地感到了一阵激动，他突然开始想象自己与爱丽丝的未来，成为爱人，住在自己独立的公寓中，但每逢周末会聚在一起，一起去散步或是做其他恋人会做的事。不用说，大家就会知道他有了爱人，那些关于他性取向的指手画脚自然会停止。他不用每晚坐在克洛驰餐厅的吧台上喝酒，也不用与帕斯特尴尬地交流。勒梅尔和朋友再看他时也会带着不同往日的敬意。当然，他知道，这一切都不会发生。

爱丽丝坐在沙发上。她从包里摸出烟，点了一支。曼弗雷德站起来，去厨房里拿了一个烟灰缸，借机出去放松一下。他把烟灰缸放在她面前的桌上时，爱丽丝微笑着致谢。

“不错。”她似乎觉得曼弗雷德的不舒服很好笑。

公寓楼寂静一片。爱丽丝把胳膊肘抵在沙发沿上，用手托着下巴。

“那你呢，曼弗雷德？”她的裙子紧紧地裹着胸。

“什么我？”

“跟我讲讲你自己。”

“没什么好说的。”

“说吧。”她的语气好像在引诱一个不爱说话的孩子。

曼弗雷德喝了口威士忌，他开始觉得恶心。外面一辆车驶过，他的视线从爱丽丝的胸上移开，他害怕爱丽丝会诱惑自己。他不是天真得不懂“睡前酒”的含意。

“你结过婚吗？”她问道。

曼弗雷德摇摇头，他不希望爱丽丝继续提问。

“那一定有个人。”她轻快地说着，顺便喝了一口威士忌。

曼弗雷德给她加满酒。她微微一笑又略带一丝歉意，好像知道他不想谈论自己，或许她意识到了整个晚上都是个错误。曼弗雷德突然觉得她要起身离开。

“我曾经爱过。”他说。

“噢。”爱丽丝突然活跃起来。

“已经过去很久了，”曼弗雷德说，“她很漂亮。”

“后来呢？”

曼弗雷德看着她。

“她被杀了。”

爱丽丝咬着下唇：“对不起。”

曼弗雷德摇摇头，一瞬间，他突然想对她诉说所有，告诉她那个夏天的点点滴滴。但他什么也没说，只是摇晃着杯里的酒。隔壁的某个人打开了电视。

他们默默地喝光了剩下的酒。爱丽丝的脚趾上涂着红色甲油。

曼弗雷德想象着跪在她的脚下，亲吻她的脚趾。过了一会儿，爱丽丝就表示该离开了，说着穿上了鞋。

“我们有时间再约,”她说，“周日如何？”

看她要走,曼弗雷德松了口气,他点头同意。在门口,她伸出手,扶着曼弗雷德的后颈,亲了他一口。曼弗雷德的手贴在她身子两边,接着放在了她臀部上。他的指尖可以触到她羊毛裙的质感。他们分开时，她捂着嘴，睁大眼睛。曼弗雷德不知道她要说什么。爱丽丝说她该走了，曼弗雷德望着她消失在楼道里。

第十三章

Chapter 13

又到了赛琳秋季秀晚宴的夜晚。戈尔斯基得知要在晚上七点到达商店，那时候客人就陆陆续续来了。他顺道去了趟小酒馆，喝完了一杯啤酒，接着又点了一杯。酒馆客人接连不断，都在下班后小酌一杯，里面还有克洛驰餐厅的常客，肥胖的理发师、对曼弗雷德深有恶意的勒梅尔先生。幸好，他没有发现坐在角落里的戈尔斯基。戈尔斯基厌烦一年两次的赛琳秀，但又没有理由缺席。赛琳希望他融入客人，展示出她所教的优雅。

赛琳坚持定期给他买新衣服。他不止一次在警局听到有人说他的衣服时髦。赛琳禁止他穿白衬衣，那是职工与服务员穿的，在赛琳的社会层级中，这些职业比警察的地位还低。“你不过是警察，但并不意味着你不能穿着得体。”她总这么说，“我不能让赛琳的老公看起来像个流浪汉。”她喜欢说“不过是警察”，但从来没有激怒他，虽然他觉得她是故意的。每次在聚会上介绍他时，赛琳总是带着歉意告诉人们丈夫的职业。戈尔斯基会假装没有听到，但他的内心是暴躁的。几杯酒下肚才能让他度过这个夜晚。戈尔斯基想象着赛琳如果现在出现，看到他愉快地同镇子里的下层人坐在小酒馆里的样子。这个想法让他觉得好笑。

七点三十分，他到了。赛琳坐在商店后面，同一个陌生的女人谈话。她瞅了他一眼。戈尔斯基微笑着摇摇手，好像一切正常。克莱曼斯端着一盘香槟，站在一旁。戈尔斯基做了个鬼脸：我犯错了？她睁大眼，点点头：没错！店里大约有三十人，一小堆、一小堆地站着。戈尔斯基朝着女儿走过去，她穿黑短裙，浅黄色上衣，和其他两个充当服务员的姑娘一样。她看起来很漂亮。要不是怕赛琳生气，她肯定穿 T 恤牛仔。

戈尔斯基从盘子里拿起一杯香槟。

“宴会怎么样？”他问道。

“像在屎里一样，”女儿说，“深深陷在屎里。”

戈尔斯基挑了下舌头，喝光了香槟后，又拿了一杯。

“这是好东西，”他说，“喝过吗？”

“就一杯。”

“要是想度过今晚，你得多喝点。”

克莱曼斯大笑着，接着瞥到了母亲。赛琳正走过来，她迷人地笑着，把他手里的酒杯放回到克莱曼斯的托盘上。她挽着他的胳膊，带着他在房间里穿梭。“别再让我尴尬了。”她轻声说道。

他们走到两对夫妇旁。一个男人看起来像戈尔斯基一样不舒服。赛琳介绍道：“这是我丈夫，伟大的侦探。”

戈尔斯基摇摇手，并没有记住客人的名字。

“很高兴见到您。”他向夫妇俩打了个招呼。

赛琳丢下他去招呼其他的来客。其中一个男人似乎很乐意和戈尔斯基聊天。他是做保险业务的，他问到戈尔斯基镇上的入室偷盗率，接着解释这种情况为何会造成保额的增加。戈尔斯基则看着四处忙碌的赛琳。她穿着一身绿色带花的丝绸套装，下身的裤子很肥大。领口几乎开到了她的腹部，但她胸前空空如也，自然也没什么可看的。她看起来很优雅。她焦急地向每位来客打招呼。她习惯把手放在谈话者的前臂上，接着再开开玩笑。人们觉得她很有魅力，也很轻佻。

戈尔斯基就是在这家商店里遇到了赛琳。那时候的他二十五岁，干警察才不过几周。他还不习惯穿制服工作，制服代表着权威。而衣着普通时，人们须自己证明自己。人们总带着难以置信的眼光看他，他看起来那么年轻，不像是个侦探。他在自己的小卫生间的镜前，练习如何掏出证件。他习惯打开证件放在身旁，而不是慢慢举起，接着他会说："乔治斯·戈尔斯基，圣路易斯警察。"他一遍遍地练习，但仍觉得在模仿电影里的警察。

列贝利让他与自己去调查一家女装店的盗窃案。女装店就在小公园旁的辅道上，距离警局不过几百米，但列贝利还是坚持开车前往，他从来不走路。他坚称，人们希望看到警察从车上下来。女装店的橱窗玻璃上摆着一件精选的紧身衣与米色内衣。戈尔斯基觉得展示的商品几年来从没变过。在人行道上，列贝利伸出手让戈尔斯基先进。"你先走。"他说。门上的铃响了。因为强行入室，门框上的木头也裂开了缝。一个五十上下的女人站在玻璃收银台前。她穿着一件花呢子裙，米黄色的褂子和一双棕色的鞋。她的头发用发圈绑着，眼上的睫毛膏晕花了。戈尔斯基从夹克口袋里摸到证件，拿了出来。

"警察戈尔斯基，"他说，"这是检察官列贝利。"

他看过去，列贝利正在仔细检查着展示的内衣。戈尔斯基问了几个常规问题，接着从收银台上拿过现金记账簿，恰逢周五，上面记录了一整周的流水。其他的东西都没丢。贝蒂女士解释说是自己的助手首先发现的入室抢劫。赛琳从商店后面走出来。她大约二十岁，穿着深蓝色的直筒裙和白上衣。她高挑苗条，没有腰身，胸很小，棕色的头发蓬松松的。透过她薄薄的上衣，戈尔斯基可以看到她胸衣的轮廓。她用自己干净的绿眼睛看着戈尔斯基，她非常美。

“我知道是你最先发现入室偷盗现场的。”他说。

“我大约是九点十五分到的，当时门开着。”她冷静地陈述着事实。

戈尔斯基点点头：“之前几天，你们有没有发现任何可疑的行为？”

两个女人呆呆地看着他。

“有没有人鬼鬼祟祟地在外面徘徊，或是哪个顾客表现异常？盗窃发生的时候恰好放钱的抽屉是满的，这说明犯人可能熟悉店铺的日常。”

“你觉得他们可能一直在监视我们？”贝蒂女士说。她开始拿着手绢抽泣。女孩没有安慰她，两人也什么都没看到。

戈尔斯基慢慢点点头。他解释说自己下午会让人来取现场指纹，所以让她们暂时什么也不要触碰。

“就这样？”赛琳说。

“我们还会在附近调查。或许有人听到了破门而入的声响。”他转身看着正在触摸绸缎睡衣的列贝利。列贝利可能经常给妻子挑礼物。

“吉卜赛人，”他低头说道，“应该是吉卜赛人作案。”

戈尔斯基忽略了他的说法。

“我会告知您二位调查的进展，同时我能否建议您从现在开始每天都去银行存钱？金属拉门也可以有效防盗。”

“表现不错，”列贝利站在门外的人行道上说道，“非常可信。不过不太可能有线索。”

接下来的上午，戈尔斯基一直在商店附近调查。他当然可以让几个警察出去搜集情况，但他还没习惯行使自己的新职权，毕竟其他的同事更为年长、经验也更丰富，每次叫他们工作时，也总是一脸怀疑。他的调查像列贝利预想的一样毫无线索，人们就是呆呆地看着他，摇摇头，接着关上门。被偷盗的钱财数量根本不值得他花大量时间调查，但他也不能连基本调查都不做，就告诉店主没有头绪。他从商店对面的大楼走出来时，正好看到赛琳在人行道上抽烟。她看到了他，慵懒地摇摇手。戈尔斯基也晃了晃手，高兴总算有人看到了自己的付出。下午一点，他放弃了，去了克洛驰餐厅,他知道列贝利会在那儿吃午饭。他坐到了椅子上。

“怎么样?”检察官满嘴食物地问道。

戈尔斯基摇摇头。

“真羡慕你的热情,”列贝利说,“但是那扇门一撬就开了,没人能听到声响。”

他给戈尔斯基倒了一杯酒,没有继续谈论入室抢劫的案子。戈尔斯基找不到其他可以问的问题。他可以问附近的酒吧是不是有人花钱比平时大手大脚,但是那笔钱的数量又不足以让人生疑。同时,他早就知道酒吧老板不喜欢被问及有关客人的问题,他们的嘴一向很严。要是被人看到商人和警察和睦相处,可不是好事。列贝利点了第二瓶酒,又给戈尔斯基倒了一杯。

“你今天工作超量了。”他说着给自己也倒了杯酒。

戈尔斯基回到警局,针对早上的调查写了份报告。采集指纹的警员也没发现什么有用的线索,玻璃收银台上指纹虽多,但都是老板与助手的。他去商店前,戈尔斯基先回到公寓换衣服。那天很热,他穿的浅蓝色衬衣的胳膊上已经出现了黑圈。他把上半身的衬衣脱下来,在池子里洗着衣袖。接着他换上了一件干净的白衬衣,系上了之前的黑领带。

他回到商店时已经五点了。一个工匠正蹲在门口整理工具。

戈尔斯基需要绕过他走进屋。赛琳正靠在收银台旁。

“又见面了。”她说。

“贝蒂女士呢？”他说。

“我把她送回家了，”赛琳说，“我受不了她的抽泣。”

戈尔斯基点点头。他觉得女孩的话真是一针见血。

“恐怕没有任何目击者。”

赛琳耸耸肩：“那个老女人入保险了。”

戈尔斯基不知道她的态度是不是要让自己看起来更成熟世俗。工匠站起来，表示自己的活儿干完了。赛琳向他道了谢，关上了他身后的门，她把门上的牌子翻到了“暂停营业”。

“你换了衬衣，”她说，“还是那件好看。你不该穿白衬衣系深蓝色领带。你穿件白衬衣，套上黑西服就行了。”

戈尔斯基对她的发现很尴尬。

“噢，我还不知道呢。”他说道。

“那件西服也不是很搭，有机会我应该带你去买衣服。”

戈尔斯基觉得自己的脸烧了起来。

“你是不是想歪了。”

女孩笑着。她的嘴巴翘着很吸引人，身子靠在收银台上，台面上还满是收集指纹的粉末。

“你一直这么勤快吗？”她问道。

戈尔斯基慢慢摇摇头。“并不经常。”他说。

他们只是一步之遥，但他实在无话可说。赛琳把一根手指放在唇上。上面还是采指纹的红印。戈尔斯基向前一步，她把手放在他的脖子上，拉近了两人嘴巴的距离。

戈尔斯基唯一的性经验是在农场打工的那个夏天，毕业的那一年。一天下午，他在用油防护外屋的门。那天很热，防护化学剂的味道让他恶心。农场上一个帮工的女儿出现在他身旁。她的皮肤是棕色的，十四五岁，乌黑的头发，褐色的眼睛，她叫玛莎。她可能一直在观察他，但是戈尔斯基没有发现。她什么也没说就打开了戈尔斯基防护的门，走了进去。戈尔斯基跟上她。谷仓内昏暗凉爽。黄色的光晕透过木墙上的缝隙照进来。玛莎脱下上衣，把戈尔斯基的手放在自己身前，脱下他的衣服，把他推到地上，俯下身去，发出一阵夸张的喘息。他接着就到了高潮，防护油的味道充斥着他的鼻孔。玛莎爬起来，她穿好衣服，接着问戈尔斯基要不要来支烟，戈尔斯基没有抽。她耸耸肩，离开了谷仓。

接下来的那个夏天，类似的事时常发生。戈尔斯基离开的时候觉得性来得容易，不像是人们说的那么神秘。玛莎其实是事后高潮。他们从不需要做完后穿衣服，毕竟他们并没有真的脱光。

戈尔斯基开始买烟，有时候他们会一起躺着抽烟。

戈尔斯基返校后生出了一种自大狂妄，听着同学们开玩笑说如何勾引女孩，他不由得生出一种优越感。对班里的女同学，他总是表现出一种淡漠的态度，自然也没有带来他想要的结果。学年即将结束时，他参加了一场室内派对。一瓶酒下肚后，他同一起上楼的女孩聊了起来。她很高，看起来像是德国人，她叫珍妮特，是他倾慕已久的女孩。他们找到了一间卧室。他没有预兆地握住女孩的手，向下放到了自己身前。女孩推开了他，跑离了卧室。几分钟后，当他走到楼下时，另一个男孩一拳打在他的脸上。

在玛莎之后的几年里，戈尔斯基甚至都没亲过其他女孩。他发现当他告诉对方自己是警察后，她们的防卫心会变重，最后他只会觉得尴尬。

赛琳解开了褂子上的扣子，脱下了内衣。戈尔斯基咬着她的脖子，揉着她的身体。伴随着他的手，赛琳越来越激动。她的呼吸不断加快，突然又弱了下来。她的脸通红。戈尔斯基很高兴，她没有进一步的要求。戈尔斯基拿出一盒烟，递给她一支。

“我们不能在这儿抽烟，贝蒂女士说会让衣服带上烟味。”赛琳说道。看她头发凌乱的样子，似乎突然年轻了。他们走到店外吸烟。

戈尔斯基知道从外表看自己是个有深度的人。赛琳的父亲简－马力·克勒是个富有的商人，在镇议会上有很大的影响力。第一次约会时，戈尔斯基带着赛琳去了他所认为的圣路易斯最好的餐厅。看着白色硬桌布与光亮的餐具，他觉得不舒服。戈尔斯基等待时努力让自己表现得漫不经心，顺便喝了一杯啤酒。餐厅里只有两桌客人，戈尔斯基觉得连服务员都在嘲笑他。为了这次约会，他新买了一套深灰色西服，他记得赛琳对他白衬衫的评价，所以选了一件抹茶绿衬衣。

“这儿真有趣！”赛琳到的时候说道。她没有为自己的迟到道歉。她告诉他，她家只会去斯特拉斯堡吃晚餐。一个服务员接过她的外套，她点了一杯加奎宁水的杜松子酒。她的酒上来时，戈尔斯基也点了一杯同样的。服务员轻轻点点头，赛琳基本上没吃东西。戈尔斯基把这当成一种老练，但他不能在盘里剩下食物。

赛琳讲了很多自己父亲的事。她说，他能在工作上帮帮戈尔斯基。她问他打算在警局待多久。

“我才不过是个侦探。”戈尔斯基说。他禁不住说自己是圣路易斯历来最年轻的侦探。

赛琳问到戈尔斯基家的生意，他告诉她自己的父亲已经退休了。她嬉笑地谈着在贝蒂商店的工作，模仿着到访的客人，嘲笑着店里过时的衣服。她说，她只是在积累经验，有一天她会自己做生意。饭后，他们尴尬地站在餐厅外的人行道上。

“我妈妈十点来接我。”她说。

戈尔斯基有点吃惊。由母亲接送似乎和他在贝蒂店里见到的早熟女孩不相符。他在想赛琳到底多大。两人还可以一起待十五分钟。他们慢慢地朝着公园走去，那是赛琳妈妈接她的地方。他们坐在矮墙上。

“你难道不想亲我吗？”赛琳说道。

“要是让你妈妈看到怎么办？”

赛琳大笑道：“她不会介意。”

他们象征性地亲了一口，戈尔斯基停下来，赛琳笑着看他。

“下次，我们应该去斯特拉斯堡。”她说道。

戈尔斯基很高兴，他们还会再见。赛琳的妈妈开着一辆绿色的奔驰来了。她高兴地冲他们挥手。戈尔斯基起身，招手打招呼，就是觉得自己很傻。赛琳轻轻亲了口他的脸颊，让他给自己打电话。

戈尔斯基几天后给服装店打了个电话。他问赛琳愿不愿意跟他约会。他们可以去斯特拉斯堡，如果她想的话。赛琳笑着说自己只是开玩笑。她说自己周日下午有空，戈尔斯基答应在下午两点去接她。同时，他会借机路过贝蒂的店，希望瞥到赛琳在外面抽烟。

那个周日，戈尔斯基把自己的电动菲亚特停在了她家门口。房子前有很长的车道,两辆奔驰停在外面。房子的一边有一排外屋。戈尔斯基走下车，按响了门铃。赛琳的妈妈打开门。她穿着汗衫和牛仔裤。她刚在花园劳作完，所以手很脏。

“你一定是乔治斯，我们经常听到你的信息。赛琳告诉我们你很快就会成为圣路易斯警局的局长。”

戈尔斯基笑着:“我不过才刚工作。”

“太谦虚了。”克勒夫人说道。戈尔斯基很惊讶赛琳竟会向父母吹嘘自己。她冲楼梯叫着赛琳,他们静静站在那儿,等了几分钟。赛琳穿着一件夏天的裙子走下楼，裙子前是一排大扣子，腰上系着一条棕色细皮带。戈尔斯基马上想到这个装扮可以很方便自己的小动作。克勒女士问两人接下来有什么活动。

“我想我们可能去卡马格走走。”戈尔斯基说。卡马格是个小型的自然保护区，距离镇子只有几公里。

“真可爱,”克勒夫人开心地说,“小心蛇。”说着她假装颤抖着。

他们上了车，离开了。戈尔斯基带了条毯子、一瓶酒，纸袋里放着两个用报纸包着的玻璃杯。他们走了半小时，才找到了一个俯瞰河畔的地方。戈尔斯基铺开毯子，阳光透过树叶照在他们身上，在他们脸上形成了片片光点。他很快喝下了第一杯酒，接着又倒了一杯。赛琳把她的酒杯放在毯子旁的空地上。杯子晃了晃，酒洒在了地上。她躺在地上，闭上眼睛。戈尔斯基躺在她身旁，一只胳膊肘支着地。他把另一只手放在她裸露的腿上，慢慢移动。赛琳没有反对。接着，她解开了她裙上的扣子。她并没有穿胸衣。她躺在地上，锁骨很突兀，戈尔斯基亲吻着她，她搂着他的脖子。接着，他脱下了衬衣，躺在她身旁。阳光照在他身上很温暖。他可以听到微风中树叶拂动、湖水拍岸的声音。赛琳让他愉快，没有人比她优雅。虽然她的身体像个瘦骨嶙峋的男孩，但值得探索，还有种禁欲系的味道。

周日成了他们的约会日。他们要么去卡马格，要么选个偏僻的地方。戈尔斯基的表现越来越好。赛琳在整个过程中从不说话，但是她某种不屈的决心总会让她得到快感。后来，他们会去小宾馆，吃顿简单的午餐，喝一瓶酒。他们吃午饭时很少说话。戈尔斯基不知道该与赛琳谈什么，她也不想说话。有时，她会纠正戈尔斯基使用餐具或是给面包抹黄油的方式。戈尔斯基每次都会尴尬。其他的情侣总会随心所欲地谈话，互相开玩笑，但他没法想象自己戏弄赛琳的情境。

几个月后，克勒夫人坚持让戈尔斯基加入他们的周日午餐。

赛琳没有特别地激动，戈尔斯基沮丧他们的周日做爱将被打断，但他又意识到这个邀请代表着两人关系的进一步发展。戈尔斯基在赛琳的指点下买了一件新夹克与宽松长裤来出席这个场合。他以为赛琳会疏远自己，但她却出其不意地热情。在偌大的客厅里，她坐在他的身旁，握着他的手放在自己大腿上。戈尔斯基很少跟克勒先生说话，但他表现得很友好，他当时正在计划竞选圣路易斯的镇长。午餐时，戈尔斯基发现克勒先生认识列贝利，无疑他已经向列贝利打听过自己了。

“我的孩子，他对你的评价很高，他说你是个非常聪明的年轻人，我也这么认为。”

戈尔斯基不知道如何回应。赛琳在桌下抓他的膝盖。

“当然了，”克勒先生以一种神秘的语气说道，“我们都知道检察官并不是……”他在慎重考虑自己的用词，“不是最尽责的。”他喝了口酒，朝戈尔斯基眨了眨眼。戈尔斯基什么也没有说，他并不想背叛自己的上司。

“我觉得警察局的新长官很快就会走马上任。”克勒先生接着说。

之后的周日，戈尔斯基向赛琳求婚了。她耸耸肩，答应了。原来她才十九岁。

赛琳用茶匙敲着香槟酒杯，来引起服装店聚众的注意力。她优雅地感激在场每一位客人的到来，并且宣布到了秋季系列秀的时间。客人们一阵掌声。在她简短发言的最后，她提醒客人们不要忘记今晚来的意义，不是为了享受，而是消费。“除了香槟，还有什么能诱惑你？”她总结道。每个人都大笑起来。随着灯光暗下，音乐响了起来。一群女孩从库房走出来，在服装店里转了一圈。她们都是赛琳从当地学校请来的少女，已经排练了几个星期。里面的两三个女孩很漂亮。戈尔斯基试图不让自己的视线在她们身体上停留。在房里走一圈后，女孩们会回到库房，再换身衣服走出来。观众们献上了一阵掌声。戈尔斯基发现他们很多都是模特的父母。他必须承认，这场秀的组织很有效。他捕捉到了克莱曼斯的眼睛。她把两只手指塞进嘴里，一阵猛戳。戈尔斯基忽略了她。他又看向赛琳，她没有看女孩，而是看着来宾脸上的喜悦开心地笑着。戈尔斯基突然对她生出一阵喜爱，决定不再破坏她的夜晚。服装秀不过十五分钟，最后，所有的模特走出来赢得观众的掌声。她们围着赛琳，拥抱了她。赛琳带着谦虚，抹掉了眼角的一滴泪。戈尔斯基向她举起酒杯，以示庆贺。接着，他一饮而尽。

几个人聚在外面的过道上，抽着烟。像贝蒂女士要求的一样，服装店内禁止吸烟。戈尔斯基自己点了支烟，慢慢在小公园附近走着。天空很干净，空气带着一丝凉意。他抽了口烟，穿上了雨衣。走到对面的公园时，他还可以听到服装店内的喧哗。他站了一会儿，看着一周前埃里克斯等待阿黛尔的位置。透过叶子依旧可以看到服装店的灯光，但他什么也听不到了，好像自己是在透过玻璃窗看着远处的场景。他站在那儿，想了一会儿阿黛尔。接着，在走道的对面，他看到了曼弗雷德·鲍曼。他慢慢地朝着公寓走去，一个女人挽着他的胳膊。戈尔斯基后退几步进到灌木丛中，看着他们经过。女人走路有点不稳。戈尔斯基不认识她。两人似乎没说话。当他走出戈尔斯基视线时，戈尔斯基背后的公寓楼门开了。戈尔斯基吓了一跳，接着突然走开了。一个牵着小狗的中年男人疑惑地看着他。戈尔斯基从外套里拿出证件，轻声说了句，“警察。”

第十四章

Chapter 14

第二天午餐时，给曼弗雷德点单的是个新服务员。她花了几天才适应了自己的角色。她是玛丽的侄女，曼弗雷德听到帕斯特叫她多米尼克。她在餐桌间走来走去，似乎适应了不少，即便是现在，一天中最忙的时刻。但是她不是阿黛尔，曼弗雷德突然怀念这个前任服务员，记起她疲倦地边走边下意识地拉紧自己的上衣。多米尼克记下曼弗雷德点的菜，接着合上本子说道：“没问题，鲍曼先生。”

曼弗雷德发现听到他的名字，隔壁桌看报纸的男人突然看过来。曼弗雷德回头时，他又突然移走视线。曼弗雷德不认识他。

难道是他“臭名昭著”，让那个男人不自觉地抬起头？或者那个男人之后会告诉妻子，他看到了鲍曼，那个报纸上说与阿黛尔失踪有关系的男人，好像什么都没发生一样，就坐在克洛驰餐厅吃饭。不过，多米尼克怎么知道自己名字的？难道玛丽特别提到过自己？她有没有告诉戈尔斯基自己是个习惯性动物。

多米尼克端着他的肉沙拉走过来，曼弗雷德不喜欢这道菜，不过为了不冒犯帕斯特，他还是每周都点，因为这是帕斯特的特别供应。她把菜放在餐桌上时并没有什么特别的表情。曼弗雷德对自己说太傻了。可能这个女孩只是听到了自己姑姑叫自己鲍曼先生。玛丽很正式地称呼每位常客。她喜欢用这种旧世纪风味来塑造餐厅。不过，这也让曼弗雷德开心。他对玛丽很友好，喜欢她停下来与自己说几句话。他从没觉得玛丽会像其他人一样嘲笑他，或是谴责他的品行不端。每次她这么叫自己，都好像是故意营造一种专业的关系界限。

曼弗雷德吃午饭时，他看到玛丽在忙自己的活儿。是不是出现了阿黛尔的意外，她才刻意与自己保持距离？曼弗雷德想不到任何理由，但之前几天，玛丽好像没有停在自己桌旁，问问自己的身体，谈谈天气或是其他没争议的话题。拿今天来说，除了跟他打招呼，好像没再与他互动。她正在接待餐厅另一边的客人，就像往常一样，但曼弗雷德还是期待她动动口形跟自己打招呼。他越看她，她越避开他的视线。或许她对自己前一晚的失约表示不满。曼弗雷德突生一股怒气。难道他就一晚不来也不行？他已经提前告诉她丈夫了，难道帕斯特没有告诉她？他带着激化的愤恨吃完了剩下的饭。或者以后他该去别的地方吃饭，没有他的钱，他们还可以营生，只是会八卦他，一图心里之快。

在吧台旁，看着玛丽抱着一堆空盘子过来时，曼弗雷德故意移开了眼。她从厨房出来时，他正从托盘里拿回找零。她停在他身旁，靠近他。

“鲍曼先生，我听说您生活中出现了一位年轻的女士？”

曼弗雷德很吃惊。

“年轻的女士？”他说道。

“好了，”她把手搭在曼弗雷德肩上，“我想了解有关她的一切。”

帕斯特看着这不同寻常的两人。

“她只是个朋友。”曼弗雷德考虑了一下说道。他想不出有谁看到了他俩。

“好吧，有时间可以带她来。不然，我会觉得你把她藏起来了。”

“好的，没问题。”曼弗雷德说。

他迅速地回到银行。怎样才能走出家门，又不会成为别人的聊天主题？难道除了他晚上的约会，人们没别的可说？让他更生气的是玛丽最后的话显然是在说她知道他在别的餐厅吃了饭。

曼弗雷德坐在桌前沉思。他简直太可笑了！这种他与爱丽丝有某种关系的想法简直荒谬。他根本不享受那晚。他只不过是在听她讲自己以及她那可恶的前夫。接着为了博得她的同情，他提到了茱莉亚特，这也是他第一次提到自己与这个被杀害的女孩的关系。他没有提到她的名字，鉴于戈尔斯基纠缠着他不放，谁又能想到戈尔斯基会不会去问爱丽丝？想到这儿，他一阵作呕。

下午，卡洛琳小心地敲着门。曼弗雷德面前的桌上散着一些文件，他让她进来。她走进办公室，告诉他一个警察来了。曼弗雷德并不觉得惊讶，直到他发现来的不是戈尔斯基，而是个年轻的警察。

“鲍曼先生，”他毫无铺垫地说道，“戈尔斯基检察官让您去警局见他。”

曼弗雷德惊讶得无以回复，不是因为要去警局，而是戈尔斯基竟然没有亲自来的礼貌。虽然他们之前的见面都很尴尬，起码气氛很庄重，两个专业的男人，虽然不够坦诚，至少互相尊重。

现在戈尔斯基竟然派一个刚毕业的新手来叫自己，好像他是个普通的犯人一样。让形势更为复杂的是，这竟发生在自己工作的地方，就在员工眼前。

“不可能，我不能马上离开。”

他这么说只是考虑卡洛琳，她站在办公室里，门口被警察挡住了，他其实没有实际理由拒绝。

“您必须跟我走。”警察说。他朝着曼弗雷德的桌子，向前走了几步，好像觉得曼弗雷德要马上逃跑一样。卡洛琳借机溜了出去。曼弗雷德又坐了一会儿。

“我被捕了？”他突然后悔这么说，好像自己有罪一样。

“没有，先生，我知道您在协助戈尔斯基检察官调查阿黛尔的失踪案。”

曼弗雷德希望卡洛琳可以多待一会儿，听完这句话，他只是协助调查。

“能给我五分钟吗？”他问道。

警察点点头，不过依旧站在那儿，办公室的门也依旧开着。曼弗雷德假装看完一份文件，接着整齐地摆好桌上的纸张，站起身。他从衣架上取下夹克，穿上。警察伸出手，好像是指引他出门，接着紧紧跟上他。员工们并没有假装继续工作，而是聚在米勒的桌旁。曼弗雷德让卡洛琳重新规划自己当天下午的会见。她看起来很疑惑，曼弗雷德没有任何会见。他忽略了她脸上的表情，并告诉米勒，如果自己下班前没回来就由她锁门。

“没问题，鲍曼先生。”她的语气听起来很正常。

一辆警车停在门外，虽然警局离银行不过才三百米。这个年轻的警察打开车门，曼弗雷德坐了进去。短暂的路程里两人默默不语。曼弗雷德很少坐车，这时候他觉得一天走四次的街道似乎都变得不同了，好像看电影一般。警车贴膜的玻璃加重了蓝天与黄叶的颜色。他们把车停在警局外，接着警察领他走了几小步，他的手就放在曼弗雷德的胳膊肘上。曼弗雷德没有四处看，他不想知道是不是有人见证了这丢人的一幕。虽然警局从外面看很破旧，但以圣路易斯的标准而言，它的占地面积非常大。门口插着一面软绵绵的三色旗（法国国旗）。右手边是个公告牌，上面贴着褪色的警察与外国志愿军招聘启事。

警察让曼弗雷德坐在等待区，跟玻璃隔断后的警官说了几句。警官是个五十多岁的人，脸灰沉沉的，留着下垂的胡须，环顾四周，不感兴趣地点了点头。十四分钟过去了。留胡子的警官并没有朝他看过来，而是去窗户旁应付接踵而至的报案者。一个老女人显然是个常客，她报案称自己的狗丢了。一个送快递的司机来问方向。曼弗雷德坐的位子就在门口，每次有人进来，他都得移开腿让他们过去。他看着对面墙上折角的海报，海报上呼吁公民要锁好房门车门，随时警惕犯罪。又过去了十分钟，戈尔斯基终于来了。他没有问好，甚至似乎没有注意到曼弗雷德。他用钥匙敲着窗户，有人打开了右边的门。

又过去了几分钟。曼弗雷德考虑要不要拉铃，或是告诉接待警员自己在这儿，但无辜的人好像不这么做。心里坦荡、协助警察调查的人只会安静地等着召唤。他决定再等五分钟。窗户上有一圈白色，那是之前挂表的地方。接待桌上的电话响了。脸色阴沉的警官接起来，他说话时眼睛空洞地盯着曼弗雷德。他记下了一个地址，承诺会派警员过去。接着，他就消失了。曼弗雷德听到一阵笑声，他想象着隔断后的警察讨论着该让他等多久。他觉得脸上一阵发热，站起身按响了铃。他正准备坐下时，戈尔斯基出现在窗口。刚刚他可能一直在暗地里观察曼弗雷德。

“鲍曼先生，”他说，“请进。”他按下按钮打开门，曼弗雷德走进散发着金属味的过道，进入问讯室。他让曼弗雷德坐下，背靠着门，坐在他对面。墙边的另一张桌上摆着录音机。戈尔斯基并没有打开，他胳膊肘抵在桌上，深深地吐了口气，好像在考虑该如何开始。他叉起手，托着下巴。

“鲍曼先生，”他说道，“我让您来警局是想给您机会纠正您之前对一些事件的描述。”

“我觉得……”他谨慎地斟酌，“您告诉我的一些事一定是弄错了。”

曼弗雷德不知道说什么。天网恢恢，疏而不漏，外祖父最喜欢的话出现在了他的脑海里。或许是到了承认见过阿黛尔的时候了。如果说了会怎样？显然，人们可以谴责他浪费警察的时间，或者是扰乱调查，这种官僚问题倒不会真的导致惩罚。其实，即便有什么负面影响，承认戈尔斯基已经了然的事反而是种放松。要是坚持他自己的故事，结果无疑会更糟。显然这是个可以补救的机会，不然戈尔斯基也不会叫他来。

还没等到曼弗雷德张嘴，戈尔斯基就草率地点了点头。很明显，机会没了。戈尔斯基站起来，走到小屋的另一边。

“你当然可以起来，”他继续说道，“在阿黛尔失踪前，有人看到她和一个年轻人在一起。”

曼弗雷德点点头。

“这个年轻人，一个叫埃里克斯的年轻人，正在来的路上。他之前来找过我，因为他觉得自己是女孩失踪案的嫌疑人。他看起来真的想提供信息，我无须告诉你细节，最初的问询似乎也证实了他的故事。不过，有几点需要进一步澄清。”

他停下来。曼弗雷德的嘴很干。戈尔斯基故作玄虚的态度让他恼怒。他为什么不直接把了解的情况吐露出来？现在承认自己见过年轻人已经太晚了。他这么做不过是对自己之前的不配合进行报复。不管怎样，就算自己早就坦承了，谁又能说戈尔斯基一定会相信？他不是早已发现自己是个骗子了？现在，不管他说什么都会招致怀疑。

戈尔斯基重新坐下来。

“埃里克斯说，那个周三晚上他见到阿黛尔时，她和另一个男人一起。他说那人应该三十多岁，接近一米八，乌黑的短发，穿着深色西服，扎着领带，外面套着一件浅色雨衣。”戈尔斯基睁大了眼，伸出手掌，“你应该明白我的困惑。”

“这个描述符合大多数人。”

戈尔斯基点点头，似乎认同这点：“你那晚穿的什么？”

曼弗雷德没说话。他惊讶这么多念头会在片刻闪过自己的脑海。他可以大作吃惊地说：是啊，当然了。我现在记得了！我那晚是跟阿黛尔走了一小段路。我真傻，怎么会忘了呢！戈尔斯基永远不会落入这样的骗局。现在应该是生气的时候。他是上层社会的人，一个档案上没有任何污点的专业人士，他受够了戈尔斯基的暗讽。但是曼弗雷德不能果断地采取任何措施。他只能坐在那儿，等着必然到来的结果。

“我只是想让你承认那晚你见过阿黛尔，这样我们就可以继续进行。”戈尔斯基说。

“他一定在说谎。”曼弗雷德说。

戈尔斯基慢慢点点头：“可能是偶然，对吧，他正好塑造了一个符合你特点的人物形象。可他既然自愿来找我，又为何要说谎？”

“或许他只是想把你们的怀疑转移到别人身上。”

“我不这么认为。”戈尔斯基说，好像他正和曼弗雷德一起解决谜团。“不过这个问题很有趣：他为什么要说谎？你肯定也觉得如果一个人要说谎，肯定是出于某种原因。”

说完，他等了片刻。

曼弗雷德盯着桌子。桌子上有一层胶，四周包着金属边。之前的到访者在桌子表面画着自己的名字。曼弗雷德觉得在这儿留下人们曾经来过的印记很有意思。戈尔斯基叹了口气，身体朝着桌子前倾。

“之后，这个神秘人物朝着你的公寓走去，我还得说一下，埃里克斯还问了阿黛尔那是谁。她说是餐厅的客人，一个‘让她起鸡皮疙瘩'的客人。"

曼弗雷德感觉好像被人踢了肚子一脚。他让她起鸡皮疙瘩。这么说让他觉得恶心。阿黛尔为什么这么说？他们的关系很礼貌，甚至很友好。他一直对她很礼貌。他还特意表现出喜悦，不让阿黛尔觉得自己因为她服务员的身份而蔑视她。而且那晚，他们还共度了片刻的快乐时光，她还叫了他的名字。她竟然告诉那个年轻人自己让她起鸡皮疙瘩，这根本不合常理。或者，她那么说是因为有点喜欢曼弗雷德，不想引起自己男朋友的醋意，不然他会脑子一热，当众和他大吵大闹，毕竟在他们道别时，她喊他先生，显然是为了用正式的方式掩饰他们的关系。

戈尔斯基停下来，看着曼弗雷德，他显然没听到自己的问题。

"什么？"曼弗雷德说。他没法解释阿黛尔的话有多伤人，因为他之前强调自己对她没有任何感觉。照这样看，他为什么这么在意她对他的看法？或者，戈尔斯基也觉得那么伤人的话说明两人的关系可能不止于此，鉴于他们的年龄与社会地位的差距，那种关系又可以理解。

戈尔斯基摇摇头："曼弗雷德，我多次给你机会让你道出那晚的事实。我想做的不过是拼凑出阿黛尔失踪前的行迹。按你的说辞，那晚你在阿黛尔走后不久就离开了餐厅。你们走的方向一致，但你却坚持说没有看到阿黛尔，也没有看到年轻人。现在，跟你未曾谋面的埃里克斯却描述了一个完全跟你相符的人。你得知道，我完全可以说你对我有所掩饰。”

现在要修改自己的故事，会不会太晚？

“我懂。”曼弗雷德说。

“所以，你还是坚持那晚既没有看到阿黛尔，也没有看到年轻人？”

曼弗雷德伤心地点点头。

戈尔斯基站起来，朝着门口走去。曼弗雷德以为两人的对话已经结束了，但戈尔斯基只是朝着走廊喊着要两杯咖啡。他又坐下来，两个人静静地等着咖啡。曼弗雷德看着桌上的名字。或者之前的人和他一样，感觉自己要消失在刑法体系的阴暗中，就像写墓志铭一样在桌上刻下自己的名字，这也不足为奇了。

留胡子的警察端着两杯用塑料杯盛的咖啡进来，在桌上放了几包糖，什么也没说就离开了。戈尔斯基打开三包糖，倒进自己的杯子里。曼弗雷德觉得侦探放那么多糖与他的形象不符。戈尔斯基喝了一小口，身子向前倾，让自己的脸对着曼弗雷德。

“第二天晚上，也就是阿黛尔消失的那晚，”戈尔斯基加快了速度，“埃里克斯看到同一个男人正在穿过小公园，接着躲在公园边的灌木丛里，等着阿黛尔的出现。他们骑摩托车离开时，那个男人躲进了门，显然是要掩藏自己。”

曼弗雷德觉得嗓子一紧。他该说点什么，被误会的人该说什么呢？

“他一定是搞错了。”

“搞错了？”戈尔斯基说着，慢慢摇着头。

曼弗雷德尽量让自己看着戈尔斯基。接着，他又看向桌子。他的咖啡杯沿上落着一只慢慢移动的黄蜂，每年这时候都如此。戈尔斯基把手放在桌子上，手指均匀地分开。他的手小而精致。黄蜂落到了桌子上，使劲摆正自己的身体。戈尔斯基向后一拉椅子，站了起来，靠在曼弗雷德右边的墙上。他换了一种更像是谈话的口吻，好似他俩是一对好友，一起在酒吧喝酒打发时间。他告诉曼弗雷德，那一晚，埃里克斯说两人去了一家所谓的地下酒吧，喝了很多酒，还抽了大麻。

“接着，他们去了加雷路上的一个地下室参加一场室内派对。”他接着说，“简而言之，他们吵了一架，埃里克斯就走了。他说，那是他最后一次见阿黛尔。据我所知，她后来应该是独自醉着离开了派对。”

曼弗雷德垂下眼。他喝了一口咖啡，尝起来很难喝。黄蜂慢慢地沿着桌子的金属边移动。两人的对话终于不再是只围绕着他那晚的举止，这让他松了口气。戈尔斯基似乎在等他的反应，但他只字未语。他希望自己如何评价阿黛尔那晚的举止呢？

“显然，你知道我为什么告诉你这些。”戈尔斯基说。

“不好意思，我不知道。”曼弗雷德说。

“加雷路离你公寓不到三百米。”

“然后呢？”

“你说你那晚直接回了家。”

“是。”

“你做了什么？”

曼弗雷德想了一会儿：“我看了会儿书，喝了一两杯威士忌，就睡了。”

“看电视了吗？”

“我没有电视。”

“打电话了吗？”

“没有。”

“有人给你打电话吗？”

“没有。”

“你有跟楼上的人说话吗？”

"没有。"

"所以，你可以在任何地方。"

"我就在家。"

"但你没有办法证明。"

曼弗雷德耸耸肩。

戈尔斯基喝光了剩下的咖啡，把塑料杯小心地放回到桌上。

"你对阿黛尔有没有什么想法？"他问道。

"什么想法？"

戈尔斯基盯着他："你知道我指什么，下流的想法。"

曼弗雷德不能告诉戈尔斯基一到晚上自己就偷窥她，有时候回到家，满脑子想的都是她的肥臀巨乳。

"当然没有了，"他说，"我对她只有尊重。"

"所以你觉得对女人有性念头是不尊重？"

曼弗雷德觉得自己被诱导了："我不那么想阿黛尔。"

"你是同性恋吗？"

"不是。"

"有些人似乎觉得你是。"

曼弗雷德并不觉得惊讶。他听到银行有人窃窃私语。勒梅尔也常这么污蔑他，他都能想到那个理发师如何兴致勃勃地告诉戈尔斯基他的性取向。

“我不是怪人。”他说。

“真遗憾，”戈尔斯基说，“他们应该不会被卷入类似的案子。”

“什么类似的案子？”曼弗雷德问道。他略微抬高了声音。戈尔斯基忽略了他的问题。

“女人呢？”戈尔斯基问道，“你有爱人吗？”

曼弗雷德想到了爱丽丝。他突然觉得自己以后再也不会见她了。

“没有。”他说。

“但你这个年纪的男人是有需求的。”

“我都是自己解决。”曼弗雷德说。他开始咬牙切齿。

“怎么解决？”戈尔斯基的语气里带着友善、好奇，好像是在询问一种无害的爱好。

曼弗雷德紧紧咬着牙关。他希望大喝住戈尔斯基。他无法继续容忍这种无尽的打探。他紧握住桌子，指尖都变得发白。

“阿黛尔去过你的公寓吗？”

这个问题来得太过突然，曼弗雷德不禁大呼了口气。他很想大笑。

“曼弗雷德，看你觉得有趣，我挺高兴。”戈尔斯基继续说，“最后一次有人看到这个活着的阿黛尔是在你公寓附近。关于那两晚，你一直在撒谎，让我觉得你们有什么不可告人的关系。”

“我跟她没关系。”

“那你为何撒谎？”

曼弗雷德什么也没说。

“周五清早，阿黛尔去你家了没？”

“没有，”曼弗雷德说，“她从未去过我家。她连我住哪儿都不知道。”

“不错。”戈尔斯基说。他慢慢摇摇头，好像是曼弗雷德让他失望了。接着他背靠着之前那面墙，离开了屋子。曼弗雷德松了口气。他的心沉了下去，呼吸也慢慢平静下来。他用手绢擦干了前额的汗，现在事情的发展脱离了他的控制，这让他觉得恶心。

接待处的警察走过来，让曼弗雷德跟他走。他们从走廊回到了接待区域。警察按下了按钮，为曼弗雷德打开门。

“我还要等吗？”曼弗雷德问道。

“你可以走了。”警察摇摇头。

曼弗雷德困惑地站了一会儿。很明显，戈尔斯基只是在逗他玩。犹豫了片刻，他就离开了。走的路上也没人阻拦他。下了楼梯，他停在走道上，双手不住地颤抖。那个下午还是很热，站在警局前的他很显眼，不过偶尔经过的路人并没有关注他。为什么要看他？他那么平常，不过是在热天擦肩而过的男人。他走到一边，给一个穿着裙子、带着三个孩子的女人让道。

第十五章

Chapter 15

曼弗雷德看了看表，下午四点十五分，银行还没下班。他应该回去工作，只有这样才能止住谣言。他可以说自己是被叫去指认证人等类似的借口，也可以完全不在乎，这才是证明清白的表现——回去工作，好像什么也没发生。或许，无辜的人应该会受到这种经历的刺激，躲进最近的酒吧里，喝很多酒来平复自己的紧张。曼弗雷德坐在街边，正对着银行。

他觉得，戈尔斯基一定找人监视他的一举一动，好找到证据，证明他与阿黛尔的消失有关，这样就不用放他肆意离开警局。曼弗雷德突然停下，环视四周。没人躲在门里，或是突然转移视线。

没有人戴着墨镜靠在路灯下读报。这些不过是老套的手法。任何人都有可能——边骂儿子边过马路的女人、在凉亭徘徊的少年、站在旅行社外面等客人的男人。很可能他不是一个人,而是一队人。或者说，戈尔斯基已经让认识曼弗雷德的人关注他，如果出现任何异常表现，就告知他。曼弗雷德必须表现得自然。他最大的错误就是表现得不够自然。他一直走着。就算没人监视他，他也要坦然，这应该不难。他长久以来的生活不都像是处于别人的观察之下吗？难道他不是一直期待着有人让他解释自己的行为，或者回答未知的控诉吗？难道他不是一直期待着身边有人拿出证据来反驳他吗？

他经过一条辅道，连转了两个弯，走了进去。这是条再正常不过的路，两边都是开放式的房子。一个包着头巾的老女人牵着一条小狗从对面走过来，路的另一边却很冷清。曼弗雷德看过去，没有人跟踪自己。下一条街上有个看起来破破烂烂的酒吧，偶尔他会路过。他从没进去过，但酒吧似乎对他有某种吸引力。他转到街角，走进了酒吧，他离开警局的时候，就下意识地来到了这里。里面光线很暗，很凉快。有某种肉和烟草混杂的味道。墙、天花板甚至是灯光都是绿色的。吧台后挂着酒的价格，以及画着半裸女人的挂历。没人注意曼弗雷德。坐在墙边的桌前，他迅速地观察了一下。酒吧老板用围裙擦着手走过来。

“先生？”他的态度不算友好，也没有敌意。

曼弗雷德点了一杯红酒，就在老板转身离开时，又换成了一瓶。

“一瓶，好。”老板说。

玻璃瓶和玻璃杯毫无征兆地被送了过来。曼弗雷德倒了满满一杯，一饮而尽。酒不贵，有股子金属味，不过他觉得自己倒是镇静了很多。曼弗雷德又倒了一杯，慢慢吞下。他闭着眼，感受着酒精的安抚。接着，他把手搭在肩上，双手还是忍不住轻颤。

三个穿工装的男人站在吧台边，讨论着移民问题。酒吧老板冷不丁地评论一两句，就去忙生意了。另一桌上坐着一个穿着略微褴褛的男人，边喝白酒边看报纸。他觉察到曼弗雷德的视线，突然抬起眼。他轻轻点点头，继续看报纸。他似乎没认出曼弗雷德，只不过是对下午的一个饮者点点头。曼弗雷德突然有种自由感。他谁都不是。如果他站起来离开，甚至都不会有人发现，更不会评论。对酒吧的所有人而言，他什么都不是。

曼弗雷德想着放弃克洛驰餐厅的一切，来小酒吧。当然，酒吧老板很快就会知道他的名字，说着“老样子？”同他打招呼，说不定自己一进来，玻璃瓶就端上来了。站在吧台的男人可能很快觉得曼弗雷德对他们不好，毕竟他每天都坐在同一张桌旁，而不是在酒吧里喝酒。很快，他们会给他起个外号，在背后叫他。没错，这种默默无闻肯定持续不了多久。唯一的法子只有不断地换酒吧，但是圣路易斯不是个大地方，很快他还是会形成习惯，在某个晚上去某个酒吧。曼弗雷德应该永远离开圣路易斯，去斯特拉斯堡或是巴黎，在这种城市才能每晚在不同的酒吧度过余生。这个想法令人沉醉。但这么做很不现实，至少现在如此，毕竟阿黛尔的失踪还跟他脱不了干系，要是走了就成了畏罪潜逃了。

曼弗雷德又倒了点酒。看报纸的男人站起来，和老板匆忙打了个招呼，就离开了。曼弗雷德竟然觉得自己没有什么自我意识。在这种情况下，他一般会渴望看点什么，好埋头避免与他人的眼神交流。报纸让人隐形。他想到了外祖父给自己起的外号，想到了他那样的一个少年如何在屋子里弓腰走路，甚至有时要脱下鞋避免打扰自己的外祖父。他一直像是房里的租客，一直努力避免提醒他们自己的存在。如果他现在不是坐在墙边这个不显眼的桌上会怎样？到了银行，他极力勇敢地大步前行，显示出自己“老板”的地位，大声地同员工打招呼。每个早晨，只有当他坐在自己的皮椅上时，才会觉得一丝放松。

不过，当曼弗雷德闻到了那家没人认识自己的酒吧似有似无的腐臭时，他感受到了一种鲜有的抚慰。他觉得自己是个男人，可以在任何想要的地方驻足，独自在上班日的下午四点喝上一瓶酒。酒吧老板会在旁桌上清理酒杯与水杯，接着慢慢擦干净，不会特别注意曼弗雷德。

曼弗雷德喝完了酒，但他一点要走的意思都没有。他觉得自己好像在国外，于是对着老板举起手，又点了一瓶酒。去他的克洛驰餐厅。帕斯特今晚赚不到他的钱了，其他人会怎样？让他们随便八卦吧，反正没其他话题可谈是他们的问题。

第二瓶酒来了，曼弗雷德专心地喝着酒。必须做出改变。他总是一成不变，现在是时候进行调整了。几年来他一直告诉自己，自己对现状无能为力，无论是形式、环境还是性情都在主宰着他的行为。他一直在欺骗自己。他也可以向银行申请调任到另一个城市，一个他可以摆脱过去、没人叫他“瑞士人”的地方。为什么要停留在此？他想着青年时的自己如何抑制自己写作的热情，如何在夜晚撕碎自己的笔记本。现在开始写作如何？他说不定有天赋，他要做的就是找回自己曾经的激情，这很现实。这几年，他的收入很高，除了生活需要，没有额外的消费。他的存款很多，可以支持自己做几年的作家。曼弗雷德突然间忽略了身边的环境。他想着自己在巴黎的一间工作室里，坐在打字机前，开着窗；穿着波希米亚风的衣服，在蒙马特铺满鹅卵石的路上散步，手里拿着笔记本；肆意地同街边的妓女、商人打招呼。真的有什么可以让他停下脚步吗？一阵熟悉的声音把他拉回了现实。勒梅尔站在桌旁。

“竟然来了穷人的地盘啊，瑞士人！”他带着特别的敌意说道。

曼弗雷德有点不知所措，好像自己刚从沉睡中惊醒。还没来得及告诉勒梅尔在哪儿是他的自由，他就感觉到自己准备解释的征兆。

“我……我有时下班会来这儿喝杯酒。”撒完谎，他就后悔了。

勒梅尔听完后异常困惑。他看着曼弗雷德桌上的两个玻璃瓶。曼弗雷德想起来从他的理发店走过来，用不了五分钟。

“真奇怪，我竟从没见过你。”他转头看向酒吧老板，“伊夫，你以前见过我们的瑞士人吗？”

老板轻轻摇摇头，好像不愿对勒梅尔承认。

勒梅尔揉了揉宽厚的下巴颏儿，慢慢摇摇头，好像解开了谜底，接着走到了吧台旁，酒吧老板已经把酒放在了上面。曼弗雷德畏缩不前。勒梅尔同吧台的男人开了几个玩笑，接着放低了声音，男人转过头看着曼弗雷德，接着又低声说了什么，两人放声大笑。曼弗雷德感觉自己脸红了。他想站起来，冲到街上，但他还没付钱，不过要付钱就得走到吧台边，或是叫老板，不管怎样都不现实。

勒梅尔一杯酒下肚，没有搭理曼弗雷德就走了。

曼弗雷德突然觉得酒精上头，一阵眩晕。酒吧静了下来。常客们突然失掉了聊天话题，又或者是发现了之前未曾注意的陌生人。这个地方现在已经带上了污点。他不再无足轻重，而是一个所作所为被观察、被注意的人。他的酒瓶基本还满着，要是刚点完酒就起身离开，肯定很可笑。他又倒了一杯，强迫自己喝下。他试着继续做逃离圣路易斯的白日梦，戈尔斯基还在四处寻找证据，这个逃离成为作家让他一度喜悦的想法是多么可笑。曼弗雷德喝光了酒杯的酒，好像是为夭折的梦干杯。

他还有更紧张的事得考虑。戈尔斯基已经问了勒梅尔跟他的朋友，他可能还会来。曼弗雷德已经打破了自己的黄金原则，没有继续坚持自己的日常。现在，勒梅尔又当场发现了他，这一定会引起戈尔斯基的注意。他一定会问自己为什么来这种隐蔽的地方，一个从街上看不到里面的地方。他在掩饰什么？为什么从阿黛尔失踪后，他就表现得如此异常？曼弗雷德没有任何合理的解释。不管有没有遇到勒梅尔，来这儿都是个错误，他不能继续犯错，他必须恢复自己的日常，像往常一样去克洛驰餐厅。曼弗雷德努力喝完了剩下的酒。吧台的工人走了，接下来的几分钟里，酒吧里只有曼弗雷德和老板。他不像帕斯特那样总是找点事干，这个男人，也就是勒梅尔嘴里的伊夫，就那么空洞地看着桌子上方。他很壮，也不帅，长着一对窄窄的黑眼睛，身上穿的小鹿运动衫沾满润滑油和芥末。他似乎没有看他，但是曼弗雷德觉得有人在监视自己的一举一动。酒劲上来的感觉一点也不舒服。要是说话，他觉得自己肯定会结巴。两个人都没有说话。曼弗雷德看看表，好像是有约会一样。他的膀胱挤压着裤腰。厕所就在酒吧的另一边。在酒保的关注下，曼弗雷德觉得自己无法优雅地走到厕所。他在想如果爱丽丝看到自己烂醉在这个小酒吧里，连厕所都去不了会如何。伊夫伸出手，大声呼了口气。曼弗雷德在想他是不是准备说话。

还好，门开了，两个二十多岁的年轻人走进来。他们大声贬斥着自己的老板。酒吧老板抬起头，说了声，“先生们。”两个年轻人点了两大杯啤酒，站在吧台边。曼弗雷德终于可以借机离开座位去厕所了。回来时，两个年轻人正在粗俗地讨论着女同事们的特点。他们没有注意伊夫，也没有环视酒吧。曼弗雷德既鄙夷，却又羡慕他们不会觉得拘谨。不过，他们还是在自己与酒吧老板间竖立了某种屏障。他不再是关注的焦点。另一个男人走进来坐在高窗下，他似乎压根儿没看到曼弗雷德，只是拿出报纸，小心地铺在面前的桌上。

曼弗雷德终于喝完了酒，付了钱。外面的太阳已经落到了楼房下，天气有了丝丝凉意。他的胃空空如也，但他没时间回家吃饭。当然，他可以去克洛驰餐厅，但他不会那么做。他不会再去那儿吃晚饭，要是去了，一定会招致评论。而且，在磨人的牌局开始前也没时间吃饭了。

曼弗雷德还是在平常的时间走进了餐厅。勒梅尔和克罗杰已经到了。曼弗雷德经过时，他们没有打招呼。勒梅尔漫不经心地洗着牌，用超低的声调和克罗杰说话。正常情况下，克洛驰餐厅是让曼弗雷德放松的地方。他有坚持已久的习惯，他不用在这儿假装表现自然。人们一般很少同他说话。他朝着吧台走过去，帕斯特应该会提前把他的酒放在桌上。像往常一样，他会冲曼弗雷德点点头说："老样子？"接着曼弗雷德会说："是，老样子。"

今晚还是熟悉的点头和招呼，但是走到吧台的过程却很难，好像他走进的是国外的一间餐厅，他不会说那个国家的语言，也听不懂客人的话。帕斯特只是简单点点头，给他倒上酒放在吧台上，接着又开始擦架子上的玻璃杯。曼弗雷德觉得自己的冷漠是因为醉意。勒梅尔已经告诉帕斯特自己在小酒吧遇到了曼弗雷德。不过，他在别的酒吧喝杯酒跟帕斯特毫无关系，但他冰冷的态度已经说明他心情不好。

多米尼克绕过曼弗雷德，端着两份煎牛排朝着角落的情侣走过去。曼弗雷德从酒吧头顶的镜子里看到她收拾了两张桌子，她与阿黛尔截然不同。她很瘦，脸很平。曼弗雷德依旧可以看出她短裙下小屁股的轮廓。她把盘子放在客人面前，直到客人表示没有其他需要，才走开。她经过小门回到厨房时，几乎是贴着吧台过去，似乎有意拉开自己与曼弗雷德的距离。

“新来的女孩怎么样？”他问帕斯特。

帕斯特抬起头，好像忘了曼弗雷德在这儿。

“不错。”他说。

“你侄女，对吗？”曼弗雷德说。他不知自己为何要继续话题。只是为了回应帕斯特，还是酒精的作用？他觉得自己说“侄女”时有点含糊。

“对。”帕斯特并没有看曼弗雷德。

伯蒂到了，接着坐下来，从桌上的酒瓶里给自己倒了杯酒。曼弗雷德等着招呼，等着可怕仪式的到来。不过，三个男人一直在桌旁窃窃私语。接着，帕斯特小心地叠起自己的抹布，什么也没说，穿过餐厅，坐在了空着的位子上。曼弗雷德大吃一惊。他看着镜子里的映像。帕斯特坐在他的位子上，好像再正常不过。勒梅尔把牌放在桌子中央，四个人开始分牌，好像是多年的习惯一样。他们都没有看曼弗雷德。他的脸热得发烫。他们肯定是提前与帕斯特商量过。就连他坐在吧台后的侄女肯定也参与了，毕竟那个位置是老板的地方，帕斯特不让任何人坐，玛丽肯定也有份，所以藏在厨房里。这比谴责他杀害了阿黛尔还要侮辱人。他应该走过去，问问怎么了。难道他要整晚站在这儿喝酒，好像一切都没发生一样？

曼弗雷德的心沉到了谷底。他们可能就是想让他看到，让他来问原因，去捍卫自己的清白。曼弗雷德可以想象餐厅其他客人看到这个场景的反应。多可笑。四个男人就拿着牌，脸上带着无辜坐在那儿。曼弗雷德绝不让他们顺心。他无须通过勒梅尔来证明自己的清白，对帕斯特和别人也是如此。就算自己被挤在这个熬人的牌局之外，又如何？这是他们导致的，他们的小阴谋。曼弗雷德喝完酒，镇定地向女孩又点了一杯。她倒上酒，放在他面前。曼弗雷德说了声谢谢，喝了一小口。

这是个漫长的夜。牌局暂停时，多米尼克又端了瓶酒过去。餐厅里的客人逐渐离开，最后只剩下曼弗雷德和打牌的几个。厨房里餐具的碰撞声也已消失，唯一的声响就是出牌声。少了往日的玩笑，连勒梅尔都没像往常一样挑衅。同时，曼弗雷德的酒也快喝光了，他觉得自己有点飘，为了站起身，他的背都开始作痛。

他喝光了酒，准备付钱。服务员把账单放在吧台上，曼弗雷德付了钱离开了，第一次慷慨地留下了一大笔小费。他没有谴责她参与这场羞辱。或许，她没意识到这个阴谋的危害，她只是个共犯。她收下小费，小声地说了声谢谢，给了他一个带着歉意的微笑，起码曼弗雷德是这么认为的。

曼弗雷德从衣架上拿下雨衣，笨拙地穿上。接着转身，摇晃着走出去。他经过时，打牌的男人们带着阴谋般的眼神盯着自己的牌。

第十六章

Chapter 16

曼弗雷德有点头痛，他的嘴很干，摸索着放在床头边的水。很快，他又记起了前一晚的事。他很麻木，躺了一分钟，听着公寓楼后汽车门关闭、引擎发动的声音，还有若有若无的鸟叫声。一切都很正常，但曼弗雷德觉得自己的头好像浸在水里一般。一切都被裹住了。

他起身喝光了杯里的水。他的衣服皱巴巴地堆在地板上，而不是像以往一样整齐地叠着。一丝阳光照进来，从百叶窗下。一本书躺在地板上，书页散开着。一定是被他碰到了地上。曼弗雷德突然觉得自己好像不是在屋里，而是像侦探一样站在屋外，浏览犯罪现场的照片。突然，他发现自己光着上身靠在两个枕头上，有种被监视的强烈感觉。曼弗雷德摇摇头，打消了这个念头。这种感觉只是醉酒的副作用，因为前一晚，他喝了往常的三倍。下床时，他意外地穿上了浴袍，沿着过道走进了洗手间。他觉得自己是个演员，角色就是他自己。他不担心头痛，这种感觉很迟钝，跟偏头痛那种像玻璃在头骨里沙沙作响的感觉不同。他在厕所柜子里找到了几片阿司匹林，吞了三片，接着往脸上拍了一些凉水。

他打开喷头，水温调好后，走进了淋浴室。他想象着一队监视他的人下流地评价他。水拍打着地面的声音让他舒服，看着玻璃上浮起的蒸汽，他很满意。他转过身，脸对着水，靠近喷头站在那儿。他必须抛却这些白痴的想法。即使在家，技术还是可以监控，当然这些技术是警察的手段，不过戈尔斯基破门而入，安装隐秘闭路监控的想法也很可笑。就连不懂法的曼弗雷德都知道，这个行为需要得到地方法官的同意，还需要人力安装，监控录像。就算法律允许，戈尔斯基也不会这么做。不过，也许就是这个原因，他才在前一天被逮到警局。戈尔斯基一定知道，自己不会马上回家，所以才得以安装设备。

曼弗雷德开始专心洗澡。他把洗发露抹在头发上，用浴巾搓搓背，再拿下喷头，冲掉身上的肥皂泡沫。他走出淋浴室，擦干身体。他没再穿浴袍，而是在腰上系了条干净的浴巾。他擦干了洗手盆上方镜子上的蒸汽，他的脸色灰暗，眼里布满了血丝。他和自己父亲一样，胡子长得很快，他喜欢在每天早晨刮胡子。今早，他的皮肤很松，双手微颤，刮胡子的话就必须小心避免刮伤皮肤。他把脸拍干后走到厨房，腰上还是系着浴巾。他在炉子上煮了一壶咖啡，透过窗户，看着窗外的儿童乐园。或许，戈尔斯基的人就在公寓对面的楼上，他们正拿着望远镜看自己。一想到这儿，曼弗雷德古怪地笑了笑。公园正对的只有厨房与卧室，但他基本不会拉开卧室的百叶窗。

他穿好衣服，梳好头发，戴上手表。他回到厨房，从篮子里拿出两只牛角包、黄油、火腿、一个盘子、一把刀。他把咖啡倒在一个大碗里，坐在桌子边。吃早饭的时候，他环视着屋内。自己的公寓好像没有他人入室的痕迹，但是房里的很多地方都可以隐藏摄像头。曼弗雷德很想站起来，检查一下灯具与风扇。但他不能为了说服自己，就全面地检查公寓的角角落落，不然他们一定觉得这是有负罪感的表现。

八点零七分。曼弗雷德强迫自己按以往的速度吃完早饭，像往常一样在八点十五分离开公寓。他在前厅的信箱旁停下来。几封信从爱丽丝的信箱里露出来。他们竟然只在早上遇到过一次，这真奇怪。曼弗雷德相信自己会再见到她，但是现在爱丽丝的信箱看似没有清空。或者她出远门了，或者只是懒得处理垃圾邮件。

曼弗雷德在大楼外找寻着爱丽丝的跑车，他没有注意车牌，但是他可以认出来。他没有右转去银行，而是踏上他见到爱丽丝的那个早晨走的路线。她说不定把车停在了大楼后，那是住户的指定车位，但是爱丽丝的车不在那儿。曼弗雷德埋怨自己到处巡视。回银行的路上，曼弗雷德禁不住怀疑为何在干衣机捡到她的褂子前，他从未见过爱丽丝。曼弗雷德越思考两人的相遇，越觉得怀疑。洗衣房相遇的几天后接着又遇到她似乎太过偶然。她会觉得自己的不善交际有趣也很荒谬。曼弗雷德觉得自己被骗了。他还一直庆幸自己有某种魅力，太天真了！更糟的是，他对她有了感觉。自从他们相遇后，一想到她，他就会振奋。这一切出现在戈尔斯基的调查过程中，他都没机会冷静地思考。当他把一切拼凑起来，显然爱丽丝一定是警察的卧底，接近他是为了博得他的信任。如果他落到这种浅显的陷阱中，戈尔斯基一定看不起他。

即便如此，在去银行的路上，他还是禁不住希望在街上看到爱丽丝的车。他想要见她。一阵凉风吹得街边树上的叶子沙沙作响。曼弗雷德扣上雨衣。东边的天开始暗了下来。阿司匹林没有缓解他的头痛。曼弗雷德盯着路，加快了脚步。到了银行后，迎接他的只有寂静。可能他们以为今早他不会出现，第二天就会看到他上了报纸头条。曼弗雷德照样跟他们打招呼，让卡洛琳倒杯咖啡进办公室。他已经偏离了自己的日常轨道。正常他会让她晌午倒杯咖啡，但现在来看，这不算什么。

卡洛琳担心地看着他，问他还好吗。曼弗雷德猛地说没事，接着又后悔自己尖锐的语气。女孩端着咖啡回来后，他道歉说自己头痛。卡洛琳点点头，倒退了出去，好像害怕背对着他。

接下来的早晨，曼弗雷德空洞地看着桌上的文件。显然，他什么也没做。他提醒自己要表现正常，但一想到爱丽丝，他就觉得自己失去了控制。他想得越多，就越生气。他一遍遍想着两人的相遇，越想越觉得这是个阴谋。无论是时机还是细节，比如见他的那个早晨她穿着那件淡蓝色的褂子，还有爱丽丝那样的女人竟然会对他感兴趣，结合这一切，他不能相信她和调查无关。曼弗雷德在小说中看过很多类似的场景。镇上的警察应该不会用这种法子，但事实就摆在眼前。他的头痛加剧了。他对爱丽丝说的一切可能都被报告给了戈尔斯基，包括他对茱莉亚特的怀念。虽然他坚持之前的生活轨迹，但他觉得自己不该来上班。来了又怎样？就算他像阿黛尔一样失踪了，银行还是会营业。几天后，他的上头就会派别人来接替他。八卦过后，一切都将被遗忘，包括他。

午饭时，曼弗雷德走进餐厅时，帕斯特并没有抬头。多米尼克走过来，曼弗雷德还是点了香肠。餐厅里基本坐满了，但没有了往日的喧哗。突然静下来是不是因为他？他知道有人在看他，但他抬起头时，又没有发现任何人。不过，曼弗雷德觉得自己离开时，餐厅里的其他人都松了口气。帕斯特也没有看他，他付钱时也没有提及前一晚的事。他这种逃避深深伤害了曼弗雷德。他一直以为帕斯特是自己的盟友，虽然帕斯特对他没有格外热情或是特别喜欢，但有次勒梅尔表现失礼时，他给了曼弗雷德一个心领神会的眼神。这虽不足以促成友情，但曼弗雷德还是觉得帕斯特是自己的朋友。

曼弗雷德走回银行的路上，心情好了很多。天很亮，也没人注意他。曼弗雷德告诉自己，这不是因为人们在避开他的视线，而是自己没什么特别之处。他的头痛缓解了很多，觉得之前对爱丽丝的看法也很傻。戈尔斯基会如此不怕麻烦地引他上钩，这个念头太荒谬。戈尔斯基拜访后的第二天他就见到了爱丽丝。他嘲笑着爱丽丝为警察工作的可笑想法。他们的相遇有一定的概率，一个极低的概率，但陌生人相遇不就是如此？

曼弗雷德从桌子最下面的抽屉里拿出了电话簿。让自己放心不是什么坏事，他只须给镇上所有的文具店打个电话，问问爱丽丝的情况。如果爱丽丝的故事是假的，那么她的公司也不会在通信录上。就是这么简单。曼弗雷德打开电话簿，圣路易斯没有文具公司，只有两家印刷公司，性质差不多。曼弗雷德拿起话筒，犹豫了片刻就拨下了第一个号码。他不知道爱丽丝的姓是夫姓还是自己的。或许，她还在用前夫的姓。他只问爱丽丝就行。如果她接电话，他能听出来，就会马上挂断。

他拨了第一个号码。响了一会儿，一个粗哑的男声接了起来。

“请问，爱丽丝在吗？”曼弗雷德说。

“姓什么？”男人说。

曼弗雷德迟疑了片刻。“我不确定她姓什么，”他说道，“我记下来了，但是纸丢了。”

“朋友，你打错了，这里没有叫爱丽丝的。”男人说。

接着，他挂断了电话。

曼弗雷德放下听筒。他的心跳略微加快。他拨了第二个号码。这一次，接电话的是个年轻女人，电话里告诉他没有叫爱丽丝的人在那儿工作。曼弗雷德为自己的打扰表示抱歉。会不会真的是爱丽丝编造了一个文具公司？他突然想到，她并没有说自己的公司在圣路易斯。他又翻找通信录，看到米洛斯有两家文具店，三家印刷公司。曼弗雷德拨了第一个号码。一个女孩接的电话。

“请问，爱丽丝在吗？”曼弗雷德说。

“爱丽丝不在，我能帮忙吗？”女孩说。

曼弗雷德顿住了，他不能问女孩爱丽丝的姓氏。“没什么，就是私事。她一会儿会回来吗？”他说道。

“我也不确定，”女孩说，“不过你可以留下号码，她回来后我会让她打给你。”

“没关系，”他说，“我过会儿再打来。”接着他放下了电话。

之后的下午，他一直在回想这段简短的对话，他的嗓音没什么特别，但女孩一定会说有个男人去过电话。爱丽丝会猜到是他吗？或者她压根儿不会想，但曼弗雷德不希望她知道自己在找她，还给她打了通电话验证她的说辞。这不是正常人的表现。除此之外，一切都是徒劳。除非他打回去，否则他不能确定是不是同一个人，毕竟爱丽丝是个寻常的名字。但他不想这么做。

曼弗雷德让米勒锁门，提前离开了银行。他想去小酒吧喝杯酒，但一想到可能碰到勒梅尔，他就迟疑了。他找不到更合适的地方，只能在一家食品店里，买了两瓶红酒。除了催眠的睡前酒，他没有在公寓喝酒的习惯。在家喝酒很奇怪。棕色纸袋中的两瓶酒碰在一起发出一阵响声，曼弗雷德拿出一瓶，放在了雨衣的口袋里。

快走到公寓楼的时候，他惊讶地看到走出来的戈尔斯基。他环视了一下四周，好像是确定没人看到自己，接着就朝着曼弗雷德的方向走来。曼弗雷德不知所措，现在过马路已经晚了，也没有合适的地方藏身。他更不想让戈尔斯基觉得自己在避开他。他只能继续前行。侦探似乎没看到他。两人隔着不到五米时，戈尔斯基简单地点点头，径直走过了他。曼弗雷德继续朝着公寓走去。如果戈尔斯基不想同他说话，他在这儿做什么？曼弗雷德把两瓶酒放在厨房的桌子上，打开一瓶，给自己倒了一杯。他走到阳台，俯视儿童乐园。爱丽丝银色的跑车停在了老地方。

第十七章

Chapter 17

戈尔斯基坐在警局接待窗口后的通勤区浏览问询记录。他不喜欢把自己关在办公室里，那会显得自己很高傲，更不喜欢别的警察谈论自己。有的同事还是厌恶自己是列贝利徒弟的身份。那已经是二十年前了，但他拍马屁的名声依旧存在，至少老警员都知道。

施密特负责接待工作，他面前的桌上放着一张报纸。戈尔斯基多次要求他不要在公众面前读报，但他完全忽视了戈尔斯基的话，最后也只能由他去了。戈尔斯基来警局的时候，施密特由于某些医疗控诉，被调去负责接待工作。他丝毫不掩饰自己对这个年轻侦探的厌恶。戈尔斯基也尽量避开他，有时会想着迫使他退休。他有权这么做，但又不想引起冲突，这样做只会进一步引起老同事的憎恨。

施密特头也不抬地说：“斯特拉斯堡来了通电话。他们从河里拉出了一具浮尸。”他蓦然地说着，好像是不经意间才想起来。

“什么？”戈尔斯基说。施密特告诉他这个信息前，他在警局已经待了二十分钟。

“他们说从莱茵河拉出了一具尸体。”

“什么尸体？”戈尔斯基问道。他没有掩饰自己的怒气。在莱茵河发现尸体很正常，但施密特差点忘了告知他这个可能很关键的信息。

“一个女人，他们也没多说。”

“没提年龄，没有描述，也没说死因。”

施密特耸耸肩：“我觉得他们刚捞上来。”

“那你也没问？”

施密特透过胡子大吹了口气，好像他压根儿没这个念头。

“他们留了电话。”

他开始在桌上的一堆废墟里寻找。最后在一堆纸上找到了，拿了起来。戈尔斯基捏着字条，回到办公室拿起电话。他坐下来，想了想该怎么说。他不喜欢给市里的警局打电话。即便是接待员，也让他觉得自己是个小地方的土包子，更不用说他们说话的语气了，但除了打电话也没有别的办法。一个女人接起了电话。

“圣路易斯检察官戈尔斯基致电检察官兰伯特。”

女人说：“不好意思，哪里？”

“圣路易斯，莱茵河上游地区。”戈尔斯基重复道。

接待员为他转拨了电话。戈尔斯基见过兰伯特几次，但他似乎不记得戈尔斯基。

兰伯特接起电话，“乔治斯，最近怎么样？”

戈尔斯基非常激动，他竟然记得自己的名字，还这么友好地和自己打招呼。

“听说您那儿找到了点什么，我挺感兴趣的。”他说。

“或许吧。”兰伯特说。

“尸体还有进一步信息吗？”戈尔斯基后悔语气这么正式，这破坏了对话一开始的亲近。

“年轻女性，就这些。几小时前，他们刚捞上来，她现在在太平间的台子上。要是你愿意，可以来看看。”

十分钟后，戈尔斯基在A35上朝着北部行驶。他很激动。他不是这类事的专家，但他知道死亡后要过几天，尸体的胃部才会充满气体，浮上水面。其实，在下游一百公里外发现尸体说明不了什么。尸体常常会漂浮一段距离，才能被树枝挡住或是顺着水流冲到浅水区。戈尔斯基很高兴兰伯特说话的方式，还有马上邀请自己和他一同去停尸间看看尸体。顺利的话，他当天就能知道死亡时间和死亡原因，甚至其他可以呈在法庭的证据。

圣路易斯与斯特拉斯堡之间的地形很平。路上很静，戈尔斯基边开车，边思考阿黛尔的问题。在埃里克斯出现前，她一直是个谜。

第一晚，两人穿过巴塞尔的边界，去到了一家酒吧，戈尔斯基的瑞士同事也经常去那儿。埃里克斯承认他带她过去是为了取悦她。他们喝了点酒，他从某个人那里买了点大麻，那人的名字他表示记不起来了。戈尔斯基也没有强求。他对不成器的大麻贩子不感兴趣，他只是想让男孩说话时感觉到自在。男孩承认侵犯了她后，明显松了口气。他解释说，就是因为这样他才没有马上来。埃里克斯说阿黛尔跟克洛驰餐厅那个阴沉的服务员截然不同。虽然她很少谈到自己，但她很健谈。埃里克斯说自己也有点吃惊，毕竟他很难把两个不同的形象重叠起来。戈尔斯基想起来自己也不知道女儿与朋友在一起的样子。或许，她也会去名声不好的酒吧，抽大麻。他觉得埃里克斯是个还不错的男孩，他最大的担忧就是父母会不会得知他的行为。如果克莱曼斯也在场，他可能不会这么担心。

戈尔斯基发现市里警局的单行道很难停车，最后只能把车停在了几条街道以外。兰伯特及时走到前厅，热情地同戈尔斯基握手。他又高又帅，沙色的头发，淡蓝色的眼睛，穿着一件昂贵合身的西服。戈尔斯基第一次觉得自己的打扮很明智。

“案子如何了？”兰伯特问道。

“正在调查线索。”戈尔斯基说。他不想承认自己毫无头绪。

“不太乐观啊。”兰伯特的语气不是嘲笑，而是同情。

“要是有尸体就好了。”戈尔斯基说。

兰伯特提议坐他的车去停尸间，车上他问了戈尔斯基几个有关案子的问题，发现基本没有进展后，就停止了这个话题。戈尔斯基很尴尬。他在想是不是自己的能力不足导致案子毫无进展。他想问问兰伯特的建议，毕竟他处理过的类似案件肯定比自己多。但他没有问，后面几分钟的路程陷在一片沉默中。兰伯特把他的宝马停在了停尸房外的专用区，接着大步走过了接待区。

他很熟悉大楼的路，快步走着，戈尔斯基几乎要小跑才能跟上。一个穿着白大褂的技术人员招呼了他们，兰伯特表明了两人到来的原因。当技术人员疑惑地看着戈尔斯基时，兰伯特这才介绍他，好像刚刚忘了他在场一样。技术人员领着他们走到了一扇不锈钢门前。他告诉他们尸检要在晚上进行，要是愿意，他们可以参加。戈尔斯基其实不希望参与。刚做侦探的时候，他曾大胆地主动要求参加一个自杀者的解剖。让医生和助手感到好笑的是，还没过几分钟他就开始呕吐，这事很快就传到了警局，之后几周，他的同事看到他进来，就会假装对着纸袋呕吐。技术人员打开了装尸体的抽屉。戈尔斯基深吸了口气。显然，这不是阿黛尔。这个女孩是金色的头发，瘦骨嶙峋，肋骨都清晰可见。尸体上浮了一层绿灰色。兰伯特看向戈尔斯基，他摇摇头，想要作呕。

“我觉得应该死了几周了。”技术人员说。

“抱歉，伙计。”兰伯特说。

他们默默地开车回到警局。戈尔斯基觉得兰伯特也替他尴尬，刚走的时候他毫不掩饰，高兴地跳上了车。他本来可以在圣路易斯等着尸检结果。但是，他却亲自过来，像是个迫不及待要打开圣诞礼物的孩子。来斯特拉斯堡的路上，他满脑子都在想着案子很快就破了，自己也可以借机调到大城市。难道他不是为了来这儿和大城市的警察一决高下吗？这样，他不就可以漫不经心地告诉赛琳自己去了斯特拉斯堡吗？

戈尔斯基和兰伯特在街上分开。兰伯特祝他案件进展顺利，并告诉他如有需要，可以随时联系。戈尔斯基对他表示感谢。握了握手，兰伯特就转身回了警局。

沿着莱茵河回去的路很长。戈尔斯基开得很慢，他不想回到警局，然后承认这次去斯特拉斯堡一无所获。他都能想象到施密特脸上的嘲笑。棕色的河水在他的左边，慢慢地流淌。右边田里的玉米也只剩断茎。空气里弥漫着一股肥料的香甜。他很泄气，调查没有任何成效，他觉得破案渺茫。就算破案了，那也是运气好，不是他灵感的功劳。除了曼弗雷德·鲍曼，他已经竭尽调查所有可能的方向了。虽然曼弗雷德在撒谎，但没有实际证据把他和阿黛尔的失踪联系起来。

他把车停在圣路易斯北部的路侧停车带上，抽着烟坐了几分钟。接着，他下了车，穿过树林走到空地上。他一边走着，一边告诉自己，空地是自己整理思绪的好地方，其实不止如此。他坐在老地方，一棵倒了的树上，思考兰伯特那样的警察会不会取得案件进展。兰伯特可能会进一步强迫曼弗雷德，或者逮捕他强迫他认罪。也许，他会一层层地重新构建所有导致阿黛尔失踪的事。戈尔斯基的作风就是把警察工作当成例行公事，采取既定的步骤。他对猜想的鄙夷实际上是为了掩饰对自己工作能力的怀疑。二十年前，他失败了，现在，他又要失败了。不过，他回到空地，是不是潜意识里他就觉得阿黛尔失踪与茱莉亚特的谋杀有某种联系？其实，他有过这种想法，但又被自己否决了。不过，这个念头一直持续着。他小心地把烟摁在树桩上熄灭，又点了一支。

戈尔斯基不喜欢怀疑，那是给坏念头的借口，是警察用来保持工作神秘色彩的说辞。猜想没有意义。一个假设只会跟着另一个猜测，最后除了推断，什么证据也没有。这像是象棋比赛的开局。每走一步，上面的棋就越多。戈尔斯基不想在无意义的猜想中失去自我,因为这很可能是建立在错误的假设之上。一想到这儿，戈尔斯基就觉得头大。不过，他坚持经验主义的一成不变也让他走进了死胡同。如果他一开始不是假设阿黛尔死了,而是被谋杀了，会怎样？这是个很基本的猜测，但直到现在，戈尔斯基都没证据。的确，没有证据只会带来相反的结论：阿黛尔还活着，只是消失了。不就是因为觉得她死了,所以施密特告诉他在河里发现尸体时，戈尔斯基才会那么高兴？如果是她，那么戈尔斯基的假设就会被证实。戈尔斯基也可以为自己直觉的正确喝彩。开车去斯特拉斯堡的路上，他一直在为自己庆贺。

树林里很凉，没有风。一只林鸽不停地叫着。戈尔斯基抬头看向树叶，但他没有看到一只鸟。他熄灭了烟，地上很干。一瞬间，戈尔斯基觉得树林好像着了火一样，附近掩藏的鸟瞬间飞到空中，逃离火苗。接着，他听到身后树丛里传来的瑟瑟声。他很吃惊，他不想有人过来，也不想解释自己在此的原因。他抬起头。没有发现任何人。可能是只鸟，或是某种地上的动物。他看了看表，不过才下午四点十五分。他还不能回家。克莱曼斯应该很快就放学回家了，如果看到他在家，肯定很奇怪。这些天，他很少在家。他从树桩上站起来，莫名地朝着声音的方向走去。树丛里有一丛黑莓，他停下来摘了几个，拽着夹克，避开树刺。黑莓很甜，汁很多，让他想起了自己年少时在农场帮工的日子。他穿过灌木丛，接着又穿过了一条长满杂草的小路。

二十分钟后，他走到了一面砖墙前，砖墙大约三米高，上面爬满了丝藤。淡黄色的墙已经斑驳，墙土也松了，似乎多亏了向上爬的藤蔓，墙才能勉强立着。墙向两侧延伸过去，戈尔斯基身后茂密的灌木丛让他很难退到把墙尽收眼底的位置。墙上有扇木门，它之前被喷成了蓝色，但现在喷漆基本都掉了，漏出了里面腐烂的木头。杂草长到了门中间，门铰链的地方早就布满了蜘蛛网。显然很多年没人用了。不过，戈尔斯基还是走进了灌木林，试了试生锈的门把手。门把手在他手里发出了一阵无用的吱呀声。他考虑着翻过去，门上有许多裂缝可以落脚，但是他不屑于未经允许，就进入别人的地盘。他也不确定墙会不会因为不能承重而倒塌。

戈尔斯基朝着与圣路易斯方向相反的北面走去。他觉得，这道墙里围着的一定是栋城郊的大别墅。三四百米开外，出现了一些菜地，可能是附近房子主人种的，也可能是当地人租的。戈尔斯基清出了一条小径走到了路上，循原路折回了他刚从树林里出来的地方。镇子北边的房子很大，就在路的北面，石头墙与大树很好地保护了房子的隐私。茱莉亚特死后，除了偶尔的入室盗窃案，他很少有机会来这里。

戈尔斯基认出了一栋房子前信箱上的名字。他穿上夹克去掩饰胳膊下散发出的汗味。他朝着房子走过去，脚步在碎石上咔咔作响。他确定自己来过这儿，但又想不起具体的细节。戈尔斯基越靠近房子，越觉得不安。他有点期待着房主走出来，呵斥他的进入。即便现在成了检察官，他还是不习惯接触这些拥有大房子的上层人。自从结婚后，赛琳无法忍受他下层阶级的举止，不断地纠正他的措辞，训斥他不要用手背擦嘴，或是拿错了餐具。最后，像赛琳说的那样，戈尔斯基只能勉强进入文明社会。不过当她不在时，戈尔斯基常常会变回老样子，在对上层人士的奉承中，暴露自己的本质。

他按响了门铃。足足等了一分钟，一个没穿制服的女佣才打开门。她疑惑地看着他。戈尔斯基克制住自己表示冒昧打扰的冲动，拿出了证件。他问道，自己是否可以和帕里亚特先生或是夫人谈谈。走进屋，感受到门口的凉气还有老房子的霉腐，他立刻想起了上次的拜访。当时的会见是在会客室，打开左手边的门就是。那是个很大、天花板很高的屋子，天花板有精致的吊顶，还有老式的黄铜烛台与一些奢华的家具。房里有一扇凸窗，上面挂着浅绿色的天鹅绒窗帘，大壁炉上还有一面巨大的镀金镜子。戈尔斯基想起来当时他还透过镜子瞥到了那时年轻的自己。房里没有风，却很凉。显然，很少有人进去。戈尔斯基曾问过帕里亚特先生和他妻子有关茱莉亚特被杀的几个基本问题。他记得帕里亚特是个律师。戈尔斯基说自己没在刑事法庭见过他，帕里亚特说自己负责的是家庭案件。

女佣让戈尔斯基在大厅等一会儿，几分钟后过来把他带到了会客室，里面还是老样子。屋子里死气沉沉的，好像除了他到访后就再没有人进来过。女佣告诉他，帕里亚特先生一会儿就来了，并问他需要点什么。戈尔斯基要了一杯水。

“天真热。”刚说着，突然嘲笑自己根本无须对这种简单的要求解释。女佣走了，回来时手里端着一个银盘，上面放着一壶冰水和两个杯子。她离开后，戈尔斯基给自己倒了杯水，一饮而尽。从树林走过来，他还在出汗。他拿出手巾，擦了擦眉头。赛琳坚称出汗是下层人的习惯，的确如此，结婚二十二年来，他从未见过妻子流汗。

那个老人来了。他两只手各握着一根拐杖，身子斜靠在上面。他的鼻子上用医用胶带粘着一根塑料管。他脸上灰黄色的皮肤松垮垮的。不过，戈尔斯基还是马上认出了他。虽然帕里亚特很脆弱，但他还是维系着自己的权威。他努力走到沙发前，艰难地坐了下来。他慢慢伸出一根弯曲的手指，示意戈尔斯基坐下。于是戈尔斯基坐了下来。帕里亚特糟糕的身体状况更让戈尔斯基觉得自己的来访是种冒犯。

帕里亚特没有先开口的意思。他不用说“需要帮助吗？”或是“我可以帮忙吗，检察官？”只有那些被警察的出现吓到的人才这么说。戈尔斯基早就知道，那些旧时的有钱人看不起警察。在过去，警察不是被当成看守牧场的人，就是马夫。

“上次见过后，你升级了，检察官。”

“是的。”戈尔斯基说。

“这可能主要说明了我们警力的平庸，而不是你的能力吧。”帕里亚特嘴角扯出了一个笑容，这一笑让他一阵咳嗽。他示意戈尔斯基应给他倒杯水。戈尔斯基倒了杯水，递给了他，咳嗽完，他喝了一口。戈尔斯基记起了他默默陪伴父亲走过人生最后的日子。他等着帕里亚特喘上气来。

“我在调查阿黛尔的失踪案。”戈尔斯基解释自己的再次出现，虽然当前的调查和他此次到访无关，至少不是什么合理的借口。但是，帕里亚特根本不在意。

“我记得你上次来。无论是对你，还是对当时的案件，我都没印象了。那个女孩叫什么？”

“茱莉亚特。”

“对，”帕里亚特说道，“应该是个流浪汉作案，对吗？好像叫马卢，如果没记错的话？”

“对。”戈尔斯基说。他很尴尬这个老人竟然记得案件的细节。

“基本没什么证据，如果我没记错的话，完全是拼凑起来的。”

“有目击者发现他曾出现在附近。”戈尔斯基没底气地说。

帕里亚特发出一阵慢慢的咂嘴声，摇了摇头。

“我很相信，就算是你这样不聪明的人，也不会相信一个试图引起关注的老女人。”

“我们审讯过马卢，他也认罪了。”戈尔斯基说。

“所以，你就能免除自己的责任，真好！”老人说道。

戈尔斯基什么也没说。他开始后悔拜访帕里亚特，特别是没有理由的到访。当时，给马卢定罪不是他的责任。他只负责追踪线索，呈上那个寡妇的证词。判决马卢有罪不是他的决定，也不是他认为马卢有罪。但就算他告诉帕里亚特，也没什么好处。

“我说了，”他继续道，“我在调查阿黛尔的失踪案。”

帕里亚特再次摇摇头：“我真不敢相信，你会觉得我真的能给你提供什么信息。相反，我觉得你来这儿只是觉得与两个案子有关，那也就是说，你觉得对马卢是误判。”

戈尔斯基发现，除了承认这点，会见无法继续。

“是。”他说道。除了赛琳，他没有跟任何人坦白过，说完，他反倒松了口气。

帕里亚特对自己的小胜利没表现出任何满足：“所以，如我在报纸上看到的那样，你的调查毫无进展，你觉得自己二十年前失败的案子可能会给你当前的案子带来灵感。”

听到帕里亚特一字一句地把他的想法说出来，戈尔斯基觉得很可笑，这也是他所担心的。

“你在抓救命稻草？”

“对，的确如此。”戈尔斯基说。

“没有抓到救命稻草的人最后只能淹死。”帕里亚特说。他看着戈尔斯基。帕里亚特长着一双窄窄的淡蓝色眼睛。戈尔斯基试着在帕里亚特的话里找寻鼓励的痕迹。

“戈尔斯基检察官，很快我的护士就来了，然后告诉你会见结束了。我觉得如果你有什么想法，就得坚持。”

戈尔斯基觉得没什么好失去的，帕里亚特对他的看法也不会再差了。

“判决后，我常回到谋杀案发生的空地。是不是很可笑，但是我觉得一定有忽略的细节。我希望有一瞬间的灵感。”戈尔斯基停下来，期待着帕里亚特发表一些尖锐的看法，但他什么也没说。

“后来，我就养成了这个习惯。我基本不会考虑那个案子，只会考虑手里的其他案子。那里很安静，没有比在那儿杀人更好的地方了。”

戈尔斯基觉得自己开始说胡话了，但让他惊讶的是，帕里亚特竟然听得很认真。“这个女孩失踪后，我又想起了茱莉亚特。很现实的是，如果马卢不是罪魁祸首，那真正的杀人犯还在逍遥法外。我一直认为，他一定是当地人，这也是为何我觉得马卢是无辜的。所以，他很有可能还在这儿，如果他还活着的话。所以阿黛尔失踪后，我禁不住怀疑是不是同一个犯人作案。”他耸耸肩，“照你所说，我在抓救命稻草。”

帕里亚特什么也没说。

“就在刚才，我还在树林里。我无意地从另一个方向离开了空地，发现自己走到了这座房子后墙的门前。

门打开了。一个穿着蓝色医务制服的年轻女人走了进来。

“恐怕您该走了。帕里亚特先生不能会见客人太久，他会筋疲力尽的。”

帕里亚特指着他的护士：“谈到我，她总当我不在一样。”

戈尔斯基微微一笑。

“恐怕又浪费了您的时间。我一时兴起走过来，抱歉打扰您了。”

帕里亚特打住了他的抱歉：“没关系。我觉得我们的谈话很有意思。你可以随时来。只有——”又一阵喘息打断了他的话。

护士走进屋，礼貌地站在老人身后。

“检察官。”她坚定地说。

戈尔斯基点点头，站起身。他向帕里亚特祝好，看着他走了出去。虽然帕里亚特带着不屑，戈尔斯基还是高兴自己来了一趟。虽然没什么具体成果，至少他参与了调查。这个坟墓似的屋子让他觉得自己好像忘了什么。他想起列贝利说的要关注少了什么。如二十年前一样，他踏着吱呀声下了楼梯。接着，他记起了那个男孩，那个少年。他回过头，半跑着上了楼梯。前门没有关，女佣出现在大厅的走道上。

“检察官，您不能……”

戈尔斯基没理她。画室的门开着。帕里亚特依旧坐在沙发上，脸上戴着一个氧气面罩。他努力喘着气，一只消瘦的手抓着沙发，另一只手放在胸上。护士在他身边忙成一团。她看到了门口的戈尔斯基，让他出去。

第十八章

Chapter 18

曼弗雷德一向讨厌周六。上班日，就算一个人再厌恶他的工作，也要去上班，因为他没的选。人们带着集体辞职的想法，聚在上班的地方，做出社会中正常人的样子。这并不难，但周末却截然不同。人们应该享受生活，参加健康的室外活动，家庭活动或是社会活动。曼弗雷德却从没参加过类似的活动。如果他看书或是看电影，那并不是因为他多喜欢，只是为了打发时间。他不喜欢周一早晨听到员工在银行谈论周末的活动。每个人都表现得好像享尽了自由和快乐。每次卡洛琳端着咖啡进来，她总会问老板周末过得如何。曼弗雷德总会说周末很愉快。如果高兴，他有时会说自己去了斯特拉斯堡的电影院，这似乎能满足女孩的好奇心，接着她就会滔滔不绝地叙说自己的周末活动。他基本不听，只会坐在那儿想象，要是告诉她自己去了家名声不好的俱乐部，在那儿跟一个她那么大的女孩发生了性行为，他甚至连那个女孩的名字都没问，她会有什么反应。

不过，从这个星期开始，曼弗雷德不会再去西蒙的店了。想到这也是他的日常，曼弗雷德突然觉得没有了兴致。自从与爱丽丝度过他的夜晚后，这家店对他的吸引力也消失了，曼弗雷德突然觉得去那种地方很丢人。他需要重新组织周末活动。

他打电话告诉外祖母，自己周日中午不去吃午饭了。她没有掩饰自己的失望。曼弗雷德解释说要去见个朋友。

“朋友？”帕里亚特夫人重复道，“什么朋友？”

曼弗雷德以为听他这么说，她会高兴，但她的语气反倒带着质疑。

“一个和我住在同一栋楼的女人。”他解释说。

“我知道了。”这么说好像委婉点，“难道你不能换个时间见朋友吗？你外祖父一定会失望的。他身体不是很好，你知道你的到来会让他高兴。”

“我相信他会好起来的。”曼弗雷德说完，又开始后悔自己刻薄的语气。他当然知道，只有他的外祖母才会因为他不去而失望。“或者，我可以工作日过去。可能周四？”如果他那晚去，他就不用面对再次被挤出牌局的尴尬。

“没事，”她说，“那下周日见。”

曼弗雷德放下电话，他知道外祖母不高兴，但是他高兴的是她没有让他在工作日前往。他的日常已经足够混乱。他决定这个下午去洗衣房。即便是戈尔斯基，也不能阻止他在这个时间洗衣服。爱丽丝之前说好在明天下午两点给他打电话，一起做点什么。曼弗雷德不知道可以一起做什么，但是活动肯定不可能持续到晚上，因为那是他洗衣服的时间。曼弗雷德不希望如此。不过，最好还是要为意料之外的事做好准备。他拿着衣服走下楼时，心里觉得很不安。他只在周日晚上洗衣服，因为那时候洗衣房没有人。可能周六早上还会遇到一些住户，他只能同他们客气地打招呼。洗衣房里空无一人。其他的住户很可能都在外面享受周六。

曼弗雷德快速把衬衣和内衣放到一台洗衣机里，把袜子与其他衣服放到另一台中。他像往常一样坐在门边的塑料凳上，打开了书，但他无法集中注意力。他不希望爱丽丝看到洗衣机里的内衣，但如果她来了，他又走不掉。他们只能在洗衣机工作时，说一小时的话。否则说太多，明天下午可能就没什么可聊的话题了。爱丽丝肯定会趁机说自己的故事，想想就让他觉得担心。他决定上楼回公寓，等洗衣机工作停下来的时候再回来。很多住户都把衣服留在洗衣房。他下来的时候，洗衣机一般都是工作着的，有时候里面的衣服看起来好像放了几个小时。曼弗雷德不赞同这种行为，以前偶尔也为此留过字条，但是没有任何效果。洗衣机一停下来，他就会回来，马上从洗衣机里拿出自己的衣服。整整一个小时，他不停地在房间里走来走去。他最后决定，自己去斯特拉斯堡度过这个夜晚。既然他告诉卡洛琳自己去看电影，他就应该去看。他觉得戈尔斯基一定会全面评估他的行为，说不定会对他有违日常的行为做出一些负面的解读。不管怎样，他不想关在公寓里度过这个夜晚。

洗衣机刚停，曼弗雷德就下来了。一个男人正把衣服放入一台空闲的洗衣机中。他六十多岁，曼弗雷德总看到他牵着小狗，在大楼后面的游乐园里散步。他怀疑就是这男人的狗在楼梯间里拉屎，但他又没有实质证据证明他的怀疑，所以就没提。洗衣房的空间太小，不够两人走来走去，所以他站在门口，等男人放完衣物再进去。两人什么也没说。男人打开了自己的洗衣机，让曼弗雷德放松的是，放完衣服他就离开了。曼弗雷德反常地把湿衣服放在洗衣篮里，拿回了公寓。阳台上有个旧的晾衣架。曼弗雷德拿下架子，撑起衬衣。再过一个多小时，阳光就会照进阳台，很快衣服就晒干了。曼弗雷德在金属栏杆上靠了一会儿。爱丽丝的车就停在下面。曼弗雷德想待在阳台上，等着她出门上车的时候冲她招手，大喊着打招呼很正常。当然，他不会那么做。他会靠着阳台墙躲起来，害怕她发现自己监视她。孩子们在楼下吵闹着。一群阿拉伯女人坐在长凳上八卦。其中一个女人回过头，抬头看向阳台。曼弗雷德退回了厨房。

曼弗雷德去车站坐车时是下午五点三十五分，爱丽丝的车已经开走了。他想着她可能在做什么。或许，她在见背叛她的前夫。曼弗雷德买了票，他比往常到站的时候要早，因为他想看看到底有没有人跟踪自己。夜晚很舒服。东边巴塞尔之上的天已经带上了一层粉色的光晕。一个装扮考究、三十多岁的男人，右手拿着一份报纸，站在站台上。曼弗雷德不知道自己来的时候，他是不是已经站在这儿了。他从男人的视野里走过去，一直走到站台尽头。四周没什么人，不过那个男人似乎有意识地避开了曼弗雷德的方向。他再一次朝着男人走过去的时候，他转过身，抬眼看着出发站。斯特拉斯堡的火车在两分钟内就到了。

曼弗雷德跟在男人后面。他早就知道那个男人发现自己在看他。他喜欢这种掌控力。他知道这个举动很明显，戈尔斯基也会得知：他虽然被监视，但是一点都没退缩；确实，他表现得像个坦荡的人。火车开进站台后，男人只能先上车，显然他已经知道曼弗雷德的目的地了。有一瞬间，曼弗雷德就想站在站台上，看着火车载着警察离开。他想象着那个警察挤在门口要求下车，最后却只能丢脸地告诉戈尔斯基自己跟丢了。虽然这个想法很有趣，但这会破坏曼弗雷德努力表现正常所精心打造的假象。而且他刚买完票，但却没上车，难道不是很突兀？

男人坐在车厢最后面。他努力营造出认真看报的样子。曼弗雷德坐在车厢的对面，从雨衣的口袋里拿出书。那个男人没有从报纸上抬起眼。何必呢？他已经知道曼弗雷德上车了。

火车穿过了野外，曼弗雷德意识到今晚的计划中有个缺陷，他去影院的行踪会暴露。这本身不是问题。如有必要，他可以道出电影里的演员与旁白，这不难。但是既然这趟旅途的目的是让对方误以为他有去斯特拉斯堡看电影的习惯，他就可能被问到还看过什么电影、在何时、哪个影院等。这种信息查起来也不难。除此之外，圣路易斯的电影院离曼弗雷德的家不过五百米。家门口就是电影院，他为什么还要坐八十分钟的火车去外地的电影院？曼弗雷德在车站买了份报纸，他得确保自己看的电影没有在圣路易斯上映。

曼弗雷德想着可能被问到的问题：

“你到车站后买了份报纸？”

“对，我想看看现在有什么电影在上映。”

“所以你上车前还没决定看什么电影？”

“没有。”

“为什么不去圣路易斯的电影院？”

“我不想看那儿上映的任何影片。”

“上映的电影有什么？”

他处在监视中。他应该直接去影院——街上的那家小影院在11月22日上映了些小众的外国影片——然后买了上映的第一场次。如果需要等，他会买瓶酒，或是在附近的咖啡厅吃点东西。有什么不正常呢？

车开进斯特拉斯堡后，曼弗雷德为自己感到高兴。那个看报纸的男人首先离开了车厢。曼弗雷德跟着他下了车。那个男人快速地沿着站台走进了广场，其间一次也没回头。他似乎很着急。他一边走着一边把报纸扔进了一个小垃圾桶里。这看起来真怪。如果他看完了报纸，为什么不留在火车的座位上。或许，他知道自己暴露了，这是事先安排让另一个等在车站的警察接替的暗号？曼弗雷德不自觉地跟上了那个男人。男人走过广场时，为了跟上他，曼弗雷德几乎跑了起来。那一瞬间，曼弗雷德欢呼雀跃。他抓住了主动权。男人穿过马路，继续快步前行，一直都没回头。

曼弗雷德跟在他身后大约二十米处。跟踪他不难，因为他比常人都高，穿着一件浅色亚麻西服。其实，他很令人生疑。几分钟后，他进了一家啤酒店。坐在窗前桌旁的美女站了起来。她面前的桌上有一杯酒。他们拥吻问好，接着男人坐在桌子旁，叫来了服务员。曼弗雷德呆呆地站着，就在外面的走道上看着这个画面。服务员走过来，男人点了杯酒。接着，他环视窗外，看到了走道上的曼弗雷德。他的脸上出现了一丝困惑，好像在考虑曼弗雷德为何会出现在这儿，但他的视线并没有在曼弗雷德身上停留太久。曼弗雷德突然觉得很可笑。他不能继续待在那儿观察他。为了什么？他突然转过身，撞到了一个向对面走的女人，她低声嘟囔着自己的不满。

曼弗雷德突然很想喝酒。不是平常酒，而是可以让他迅速醉去的酒。他转到一条小路上，他相信在那儿可以找到一家合适的酒吧。刚看到第一家酒吧，他近乎是冲进去的，那是个灯光昏暗的地方，可以在那儿坦诚地陶醉在酒精中。走向吧台时，他非常放松，甚至一瞬间都不知要点什么，酒保面无表情地看着他。

“先生？”他问道。

“威士忌，谢谢。”曼弗雷德说。酒保指了指背后的酒瓶。

“无所谓，”他努力保持平静，“什么都行。”

酒保点点头，选了一瓶酒，悠闲地给他倒上。曼弗雷德不安地坐在吧台，双手颤抖着。他想冲着酒保大喊，让他快点。酒保把酒放在他的面前。曼弗雷德完全不考虑礼节，一饮而尽。他慢慢地吐了口气，闭上双眼。威士忌温暖了他的喉咙，一直涌入他的胃。当他睁开眼时，酒保正面无表情地看着他。

“再来一杯？”他说道。

曼弗雷德感激地点点头。像喝第一杯一样，又是两杯接连下肚。他给自己找了凳子，坐下来。他慢慢地喝着第四杯。他真傻。来到斯特拉斯堡的整个旅途就是逢场作戏，只为了一个观众而演。但实际上根本没人关注他的表演，也没人向戈尔斯基汇报。无论去不去影院，去不去西蒙的店，还是坐在这个酒吧，或是烂醉，都没有任何意义。没人看着他。没人关注他在哪儿，或是做什么。甚至连酒保也是如此，就连曼弗雷德来买醉的决心也没有波动他的平静。他不会因此被叫到法庭，或是受到特殊的关注。曼弗雷德的决定对任何人都没有影响，所以他也无须去到小路上没有窗户的酒吧，去到一个别人看不到的地方。

曼弗雷德在凳子上转着，第一次去观察自己的周边。酒吧里面很暗，以棕色色调为主。他一直以为自己是酒吧唯一的客人，直到这一刻，他才发现里面有很多面孔铁青、醉姿各异的男人。曼弗雷德环视着房间，没有人特别关注他。他成了隐形人。喝完了威士忌，他又点了一杯。接着，他开始眼花缭乱。

曼弗雷德试着和酒保谈话。酒保是个年轻的小伙子，面容坦率，让人舒服。他看起来并不排斥聊天，但是曼弗雷德很难跟上他的回答，所以对话很快停止了。接着，一个男人坐在了他旁边的凳子上，点了杯法国茴香酒。他穿着三件套西装，胸前的口袋里放着一块淡紫色的手巾。他笨重地把公文包放在脚边的地上，努力从小水壶里倒了杯水。接着，他的存在就会湮没在酒吧里。曼弗雷德评价了一句。男人转过头，看着声音的源头，好不容易才聚焦在曼弗雷德身上，接着他的视线又回到了酒上，一个字都没说。曼弗雷德重复着他的话，这一次还用一根刺戳男人的手臂。

男人回过头，平息了一口气。

“我认识你吗？”他说。

曼弗雷德对他咧着嘴笑：“我的名字是鲍曼，曼弗雷德·鲍曼。”

男人空洞地看着他。曼弗雷德打算邀请他一起去西蒙的店。他看起来似乎是可以一起享受镇上一夜的同类人。

第十九章

Chapter 19

戈尔斯基往咖啡里放了三勺糖。赛琳难以置信地看着。她没有喝咖啡，不屑地告诉戈尔斯基吃糖太多会导致糖尿病。已经八点了，他穿着衬衣坐着，夹克挂在背后的椅子上。咖啡刺激着戈尔斯基，让他禁不住想点上当日的第一支烟，但他不敢在早饭桌上这么做。他们俩都没吃早饭。戈尔斯基早上一般都没有食欲。他通常会在米洛斯路上的面包店买个牛角包或是巧克力面包，晌午时在警局吃。赛琳给自己倒了杯茶坐下来。自从服装店晚上的活动结束后，他们就很少见到对方。

“服装秀很不错。”他说道。

“感谢你的到来。”赛琳说。她的表达方式很奇怪，所以戈尔斯基很难分辨到底是不是嘲讽。他倾向于字面的意思。

“我觉得很不错。”他说。

赛琳怀疑地挑起眉，显然他还是丢了脸。

“衣服卖得如何？”他继续道。

“并不完全是为了卖衣服，”她说，“主要是品牌推销。”

赛琳总谈着“品牌推销”，但戈尔斯基基本不懂。

“当然了。”他喝着咖啡，赛琳站了起来。

“我希望你没打算扎那条腰带。”她说。

戈尔斯基抑制住自己的反对：“我是有这个打算的。”他尽量保持语气的平静。

赛琳生气地摇摇头，默默离开了厨房。几分钟后，他听到前门关闭和她的车发动的声音。戈尔斯基喝光了咖啡，点了支烟。由于是周六，克莱曼斯基本到了中午才会出现。他从夹克的口袋里拿出一管抗酸药，往水杯里滴了两滴。他看着药在水里冒着气泡。他抬头时，克莱曼斯正站在门口。她穿着旧睡衣，袖子卷到胳膊肘上。见到她，戈尔斯基无法掩饰自己的喜悦。显然，她是听见自己母亲离开后，才下来的。

“心痛？”她说道。

“有点。”戈尔斯基说。

“你应该好好吃饭，你看起来很糟。”

“是吗？”

克莱曼斯坐在桌旁。戈尔斯基给她倒了点咖啡。他不知要说什么。他们很少单独在一起。他们一般会一起在赛琳背后做鬼脸。或者她下楼，是想跟他说点什么。她起身发现面包盒中还剩了点长棍面包。她咬了一口，任凭碎屑掉在地上。

“今天打算做什么？”戈尔斯基问道。他努力让自己听起来很随意，好像自己并未打探她的隐私。

克莱曼斯看着他：“我要去米洛斯见几个朋友。”

戈尔斯基点点头，但他不知道她的朋友是谁，或者他们要做什么。他想到了埃里克斯对他讲的同阿黛尔在一起的夜晚。当然，阿黛尔比克莱曼斯年长，但他在女儿的年纪时，已经和玛莎在农场发生了性行为。一想到克莱曼斯做类似的事，他就很害怕。

“需要我载你一程吗？”他问道。

克莱曼斯享受着溺爱般地笑着。

“我们坐火车，谢谢。”

接着，她喝了一口咖啡，回到了楼上。

十点，戈尔斯基开车前往帕里亚特家。他提前打过电话，但还是下意识地把车停在路边，而不是开到门前。护士来到前门。她丝毫没有欢迎他的意思。

“你有十分钟。”她说道。

帕里亚特在客厅等着。他的肤色看起来比之前更灰暗了。护士和戈尔斯基一起进屋，站在门边。

“很高兴再见你，检察官，原谅我不能站起来。”

“没关系。”戈尔斯基说。他不知道帕里亚特这么友好地欢迎是不是开玩笑。这个老人让他坐下。桌上的银盘里有一瓶雪利酒，还有两个玻璃杯。

“和我喝杯酒，检察官。”他说道。

虽然时间很早，戈尔斯基还是点头同意了。他不希望影响老人的心情。帕里亚特努力从沙发上靠前，倒了两大杯酒。戈尔斯基拿起酒杯，祝他身体健康。他决定不再从灌木丛中走过来。

“感谢您愿意再见我，帕里亚特先生，”他开始说道，“我只有一个问题。”

帕里亚特打断他：“在你开始说之前，检察官，如果你允许，我也想问你一个问题。那个流浪汉马卢怎么样了？”

戈尔斯基看了眼护士：“我不知道时间够不够。”

“不用担心她，”帕里亚特说，“她是我的员工。她可能看起来不像，但她的确是。我们讨论的是我们的朋友马卢。”

“他死在了监狱里。”戈尔斯基说。

帕里亚特点点头:“你没有为他正名?”

戈尔斯基耸耸肩:“已经结案了,揭开旧伤疤一点好处也没有。”

“没有?”帕里亚特说，“但你说如果马卢不是真凶，那么凶手依旧逍遥法外。你这么做，怕是不想引起愤怒吧，还是你不想给自己抹上污点，不想挡住自己的快速晋升之路?”

戈尔斯基看着他。

帕里亚特皱皱眉,“是吗?”他说道。

“我已经尽我所能。但事实是没有任何其他的嫌疑人，也没有更多线索。”

“不过，你还是会回到树林。”

“是。”

“但什么线索也没有?”

“没有。”

“那你在这儿干吗?”

戈尔斯基喝了口雪利酒,它非常甜,让他一度忘了到此的目的。

“我说了，我有个问题。昨天我走后，我记起您还有个儿子。我上次来的时候还问了他几个问题。”

帕里亚特什么也没说。

“我想知道他现在在哪儿。”

“你为什么想跟他说话？”

戈尔斯基没有直接回答这个问题。

“昨天我从空地来这儿时，我走到了您房子后的墙上的小门前。如果我没说错，门以前应该是能用的。”

帕里亚特点点头。

“我发现穿过那扇门可以直接走进树林。”戈尔斯基意识到这没有构成一个极好的构想。

帕里亚特浅笑道：“你说的只对了一件，检察官。男孩特别喜欢那片树林，有时候会消失一整天，至少在谋杀案发生前一直如此。但他不是我儿子。”

戈尔斯基等他继续。他带着疑惑皱着眉。

“他是我外孙。”

“外孙？”

“曼弗雷德。”

“曼弗雷德？”戈尔斯基重复道，“曼弗雷德·帕里亚特？”

“他不姓帕里亚特。他姓鲍曼，瑞士人。他爸爸除了好看一无是处，反而毁了我的女儿。”

戈尔斯基用手擦着前额，慢慢吐了口气。

“他是个奇怪的男孩，所以你想听听我的看法吗？”

戈尔斯基点点头。

“如果你想跟他谈话，我的妻子可以给你他的地址。”

戈尔斯基觉得没必要。他喝了口酒，站起身。

“感谢您的配合，”他说道，“您的帮助很关键。”

老人知道戈尔斯基要走，看起来很失望。护士打开客厅的门，目送他出去。关门时，他都能听到老人努力呼吸的声音。他在大房子的台阶上站了一小会儿。一只丰满的林鸽正在啄着车道上的碎石，连戈尔斯基的脚步也没有惊扰到它。

第二十章

Chapter 20

曼弗雷德被一阵巨大的敲门声惊醒，他昏沉沉的，完全听不清门外的大喊。他半睁开眼。阳光透过脏兮兮的薄纱窗照进来，他没在自己家。他的头很痛，嘴很干。眯着眼，他发现自己的裤腰是松着的，衬衣和鞋也没脱。他慢慢抬起眼皮，从窗子照进来的光很刺眼，他从毯子下伸出手来捂在眼睛上。敲门声又响了起来，不停地传到曼弗雷德的耳中。接着，完全忽略曼弗雷德的脆弱，一个男人的声音传来。

“先生！十一点了，该退房了。”

曼弗雷德转向声音的源头。这一回头让他觉得后脑勺一阵痛。

他在旅馆里，门旁边是衣柜。床脚是破烂的洗手盆。门底的纸板也碎了，肯定是有人把脚从下面伸进来。屋里没有洗手间。曼弗雷德就这么坐在床边。他意识到了憋久的尿意，站起来在盆里尿了尿。他努力保持着平衡，打开了水龙头，往脸上扑着冷水，凉得脸颊都开始刺痛。他到处找毛巾，最后还是拿起夹克，从口袋里拿出手巾，把脸拍干。他盯着洗手盆上的镜子，左脸是瘀青的，右脸和太阳穴擦破了，抓痕很明显，旁边的皮儿是红的，鼻子上还带着干掉的血渍。

门打开了，一个清洁工走进来。看到曼弗雷德她也没吃惊，进来后懒洋洋地草草表示歉意。曼弗雷德迅速洗掉了鼻上的血迹，用手巾擦干，上面已经有了血点子。他看了看屋里还有没有自己的个人物品。钱包安全地在夹克的内口袋里。他离开了房间，出来是条弥漫着浓厚呕吐味的过道。清洁工面无表情地看着他。曼弗雷德侧身走过她的清洁车。走道的味道让他反胃。看到楼梯，他小跑着下了四楼,到了一个灯光昏暗的接待区。一个穿着羊毛衫、戴半月形眼镜的男人从报纸上抬起头。他冲曼弗雷德打了个足够亲切的招呼。曼弗雷德在想，他会不会是刚刚在门口叫醒他的人。

曼弗雷德说了声早上好，从口袋里拿出钱包。

男人摇了摇手说道:“你昨晚付过钱了。”同时一副不觉得他能听懂自己语言的样子。

“哦，谢谢。”曼弗雷德说道。

店外是条窄巷。他还在斯特拉斯堡，就在车站附近的某个地方。他看到巷尾有个电话亭，顺便买了瓶水。他喝了一小口，冲了冲嘴，接着吐进了排水沟。很快，他又喝了一口，他没注意到人们都绕着他走过去。他头晕目眩，身上还黏糊糊的。他走进一家咖啡厅，点了杯咖啡。他最后的记忆是在酒吧里喝威士忌。他不记得自己是如何离开酒吧来到了宾馆的。更不记得脸上的伤是哪儿来的。可能他摔倒了。他确定自己没有打架，不然他一定会记得。难闻的气味从旅馆跟出来。他意识到自己的鞋上、裤腿上都有呕吐物，便放下手里的咖啡，在桌上放了几个硬币，离开了。咖啡终于让曼弗雷德清醒了点。他想起了下午和爱丽丝的安排，看了看表。已经十一点二十分了。

回圣路易斯的火车上，光开始变得耀眼，好像热光铺在了他的眼皮之下。曼弗雷德用手挡住眼睛。右边的太阳穴开始出现一种熟悉的钻井感。车厢里只有他一个人。他用膝盖顶着胸，僵坐着，等着旅程的结束。这个动作是为了放空他的意识，忽略接下来的突击。他努力想着快乐的事，想着自己与爱丽丝手拉手在一个宜人、一片绿海的树林里散步。鸟儿们唱着歌，阳光和煦。他会讲着有意思的小玩笑。这么想丝毫不起作用，头痛还是在不断加剧。

一只手搭在了他的肩膀上，曼弗雷德跳起来。

“您的票，先生。”

曼弗雷德从眼睛上拿下手，放下膝盖。列车员的脸上露出了一圈粉晕。他的头后面，光闪成了环。曼弗雷德抬起手挡住眼睛。列车员又重复了一遍。

曼弗雷德摸到夹克胸前的口袋，那是他放票的地方。他把票递给列车员。列车员草草看了一眼，问道曼弗雷德没事吧。他点点头。列车员没有离开，曼弗雷德说不清他脸上是什么表情，也许是担心，也许是厌恶。

“我没事，谢谢您，我就是头痛。”他说。他突然担心自己坐过站，但是列车员看过他的票，如果坐过站，肯定会提醒他。列车员什么也没说就走了。曼弗雷德看向窗外，发现车才刚驶离斯特拉斯堡。火车不断加速，曼弗雷德晃得想吐。他不认为自己可以走到车厢尾部的厕所。一点呕吐物从嘴里漏了出来，他强迫自己咽下去。他用手巾擦了擦嘴。他怀念躺在家里那个昏暗的卧室里，用被子盖着脸。

后来，曼弗雷德不记得自己是如何下了车，走了一小段路回到公寓，也不记得脱衣上床，但这一切一定是发生了，因为一阵敲门声惊扰了他。他本来约好与爱丽丝在前厅见面。他看了看头上的表，已经下午两点十分了。敲门声又响了起来，更大了点，接着爱丽丝的声音传来:“鲍曼，你在吗？”

曼弗雷德从床上爬起。他什么衣服也没穿。他找到了浴袍，沿着走道走到门口。

爱丽丝看起来大吃一惊。

“你怎么了？”她说道。

曼弗雷德盯着她的脸。她的头发用皮筋向后扎成了马尾。

“对不起，我……”他不想承认自己不舒服。偏头痛不是男人该抱怨的。“我肯定是睡过头了。”他说。

爱丽丝托着他的脸，左右晃着他的头，检查他的伤。

“你掉下床了吗？”她说道。她绕过他走进去，吸进他的呼吸时，她退了退。她穿着一件防水夹克，紧身牛仔裤塞在厚袜子里。曼弗雷德跟着她走进厨房。她让他洗个澡,收拾好自己。除了服从，曼弗雷德不知道做什么。他在洗手间，吞了四片止痛药，强迫自己喝了三杯水。洗个澡舒服多了。他刷了牙，但没有刮胡子。穿好衣服，他回到了厨房。爱丽丝做好了咖啡，坐在桌旁。看到穿西服的曼弗雷德，她一阵大笑。

“我以为我们要去散步呢。”她说，“你没有其他更合适的衣服吗？”

曼弗雷德摇摇头。爱丽丝给他倒了点咖啡，他坐下来喝。显然，爱丽丝的所有决定他都会执行。这是种释放。他无须做决定或是提意见，只需要服从爱丽丝的意志即可。

虽然空气里带着秋日的寒意，爱丽丝还是打开汽车顶篷。路上她没有说话，而是专心沿着乡间小路高速行驶，路很窄，两辆车无法并排行驶。曼弗雷德的头痛在汽车穿过灌木丛的轰鸣中也不再那么突兀。每次转弯，这辆小车似乎都要翻过去一样。曼弗雷德觉得很平静。无论车在不在路上，都与他没关系。当爱丽丝安全地把车开到自然保护区的停车场时，他觉得一阵失望。

他们下了车。爱丽丝打开后备厢，拿出了一双带着泥的步行靴。她坐在缓冲带上换鞋。曼弗雷德看着她。即便是穿着这么男性化的户外服，她还是那么引人注目。她跟他认识的所有女人都不同。她的大腿很紧实，在牛仔裤的包裹下更是线条有致。她的皮肤很有弹性。在银行工作的女人都柔弱无力，皮肤也松垮垮的，她们的身体也撑不起内衣与塑身衣。曼弗雷德喊她们时，她们总是一副刚睡醒的样子。截然不同的是，爱丽丝对身边的一切都很敏感。她的动作很精准，目的也很明确，从她穿鞋的动作就可以明显看出来。

穿好鞋后，她抬起头。曼弗雷德无力地掩饰自己刚刚的注视。

“你的脚会湿。”她说。

他随意呼了口气：“没关系。”

爱丽丝领着他从停车场向一条小石子路走去。曼弗雷德很惊讶，因为附近的人很多。他们的打扮和爱丽丝一样，多数人领着小孩或是牵着小狗。每次与步行者相遇时，他们就得空出一个人的位置，让别人经过。经过时，人们一般会简单问好，或是兴高采烈地谈着天气。曼弗雷德让爱丽丝代他问好。要是无奈落在爱丽丝的身后，他再说话看起来很多余。偶尔，狗会伸着鼻子去闻曼弗雷德的裤腿，它的主人一般会大笑着拉回它。在小路上，这看起来是个可以接受的行为。

曼弗雷德觉得在这种地方散步可能是自己同事的一项周末活动。他们遇到的人看起来都很享受，互相之间还有种志同道合的情谊。曼弗雷德发现他不适宜的打扮引来了一些路人困惑的眼神，但他没有在意。也许，他看起来像个正赶往树林深处某个案发现场的警察。

爱丽丝阔步在前，不时谈谈景色、植物等。曼弗雷德发现自己无须说太多。走得越远，遇到的人就越少。二十多分钟后，他们走到了一座很大的潟湖前，四周环绕着大树，树下落着黄色、棕色形状各异的树叶。一阵微风过来，几片树叶偶尔会慢慢飘到地上。

爱丽丝停下来问："湖边有条小路，你还想继续走吗？"

"没问题。"曼弗雷德说。前面的散步缓解了他的头痛，但现在不过是麻木的行走。

小路刚刚走时，很窄。爱丽丝把手搭在曼弗雷德的胳膊上，就像是那晚他们一起从餐厅走回公寓一样。她总是表现出对他的喜欢。他可以闻到她的发香。她放下手，走到小路边。

"牛肝菌。"她轻轻指着一棵树下一些黄棕色的菌类植物，"我们应该带个篮子。"

"这难道没危险吗？"曼弗雷德说。

爱丽丝轻哼了声。"我从少女时期就来这儿了，"她说，"我常会骑车出来，找个安静的地方，躺在地上看着天上飘动的云彩。有时候到了夏天，我还会和朋友们裸游。"

曼弗雷德想到年少的爱丽丝在河里裸游，脸不自觉地红了。

"现在是我一年最喜欢的时候，"她接着说，"我喜欢树木的颜色，土壤的味道。"

"是啊，现在很棒。"曼弗雷德说道。

她站起来，继续挽着曼弗雷德的胳膊。他们的脚踩在干树叶上咔嚓作响。附近没有其他人，只有林鸽躲在某处咕咕地叫着。曼弗雷德觉得不需要说任何话。他怀念着自己与茱莉亚特在外祖父房后的树林里一起度过的日子。爱丽丝停在湖边。一群鹅游过来，一边刺耳地叫着，一边笨拙地浮在水面上。

“它们是来这儿过冬的。”爱丽丝说。

曼弗雷德点点头。

他们走到了湖的尽头，爱丽丝攀上湖边的几块岩石坐了下来。曼弗雷德在她身旁坐下。这里很静。

爱丽丝从夹克口袋里拿出一盒烟，点了一支。曼弗雷德闻到了金属的味道。他在想她会不会靠过来，亲吻他。如果她那么做，他不会拒绝。她深深吸了口烟，向后仰着头，慢慢呼出烟圈。曼弗雷德看着乳色的烟消失在空气中。

“一个警察来找过我。”爱丽丝回头看着。她的脸颊在空气的清新中泛着红。曼弗雷德很吃惊。

“一个矮壮的男人，大约五十岁，短发。我忘了他叫什么。”

“戈尔斯基。”曼弗雷德说。

“戈尔斯基，对。”她说道，“他问我关于你的事。”

“什么关于我的事。”

“他想知道我们的关系，我认识你多久了，等等。”

“你跟他说了什么？”

“我跟他说少管闲事。”

曼弗雷德点点头：“他说了什么？”

“没说什么，给了我张名片就走了。”

“他去了你的公寓？”

“对。”

“他怎么知道你住哪儿？”

爱丽丝耸耸肩：“我也不清楚，我没问。他让我起鸡皮疙瘩。”

曼弗雷德站起来。她是不是编造了这个故事，向自己解释戈尔斯基两天前在公寓的出现？阳光在水上的涟漪中闪烁。他的头很痛，什么也感受不到。也许，是戈尔斯基让她和自己出来。也许，她把对话录音了，树林里掩藏着许多伺机出动的警察，就等着他说什么有罪的话。曼弗雷德扫视了附近的树。爱丽丝盯着他。

“曼弗雷德？”她说道。

接着，他突然回过神：他让我起鸡皮疙瘩。戈尔斯基说阿黛尔也这么形容过他。他的头要裂了。他紧紧闭着眼，接着睁开看着爱丽丝。他没办法聚焦。

“我不相信你。”他说道。

爱丽丝睁大了眼。“什么？”她说。

她站起来，后退了几步。

“你在说谎。”他说道。水面上一片波光粼粼。

曼弗雷德又闭上眼。他觉得眩晕，转过身面朝树林。他觉得树林里有个男人，等着戈尔斯基发出行动的指示。他的双眼扫视杂草。什么也没有。他的呼吸稍稍平息下来。

爱丽丝靠近他:“你没事吧？”她的眼里有一丝害怕。

曼弗雷德摇摇头，好像刚睡醒一样。他知道自己或许看起来像疯了一样。他必须表现出理性。

“我只是希望你把你和戈尔斯基的真正关系告诉我。”他努力保持平静。爱丽丝抬起头，张着嘴看着他。

“我跟戈尔斯基没关系。”她说。

“他让你故意造成了这一切。”曼弗雷德一错再错。他朝她走了几步。

爱丽丝站在那儿，脸阴沉沉的。

“我只是想知道警察为什么要问我关于你的问题。如果你做了什么错事，你可以告诉我。”

“当然，我可以告诉你，”曼弗雷德大笑，“我还以为你真喜欢我。”

“我也以为自己喜欢你。”爱丽丝说道。她像看陌生人一样看着他。接着，她转过身，朝着小路走去。他可以听到远处鹅发出的刺耳的叫声。湖水温柔地拍打着岩石。这个地方景色很美。

曼弗雷德喊着她的名字,但她没有回头。他很想跑过去追上她，告诉她一切：他如何对戈尔斯基撒谎；阿黛尔和他之间的故事；还有他如何杀死茱莉亚特。他突然觉得一切都很合理，看起来也很合理。他再次叫她的名字。她继续走着,伸出手做了个轻视的动作。她消失在树林里。曼弗雷德站在那儿，空洞地看着她消失的地方，接着跟上了她。

第二十一章

Chapter 21

曼弗雷德开始习惯被注视的感觉。坐在小教堂的前排，他的感觉更强烈。他的外祖母坐在他右边，指头绞着一块刺绣手巾。听到外祖父的死，曼弗雷德无动于衷。他一点也不喜欢那个老人，甚至觉得他的死对外祖母而言是种释怀。出席者多得惊人。曼弗雷德以前并不知道外祖父有什么朋友，无论外祖父母参加什么社交场合，他都会抱怨。教堂里坐着二三十个有身份的老人，有些人的西服翻领上还戴着勋章，小教堂的二三排都坐满了，还有许多人是法律公司的员工。曼弗雷德觉得他们每个人都在盯着自己的后脑勺，希望捕捉到些许情感。他微微低下了头，好像陷入了沉思。

神父用一种事实口吻说着帕里亚特已经魂归西天。曼弗雷德想着自己的外祖父，一个坚定的无神论者，该是多么怨恨这个说法。想到这儿，他努力憋着不让自己笑出来。曼弗雷德很多年都没来过教堂了。他对教堂有种奇怪的亲切感。里面很凉，空气里夹杂着浓重的熏香味，牧师毫无声调的语气也有种醉人的尼古丁的作用。石板上环铺着鹅卵石，橡树皮已经脱落了。圆形的彩色玻璃高高地挂在墙上，在神父的身后形成了一圈宜人的暗光。曼弗雷德没有理会葬礼。他不经意地发现外祖母抓着他的手，劲儿大得惊人。到了把棺材抬进坟墓的时候了。在殡仪业者的安排下，曼弗雷德和其他五个护柩者站到了棺材旁，他只认识其中的一个。曼弗雷德比他们高半头，抬起棺材后，他需要稍微屈膝，来分担肩上的压力。其他人看起来是老手了。

他们抬起棺材，沉重的华尔兹响了起来。曼弗雷德发现戈尔斯基站在教堂的后面。他的确是处在观察之下。曼弗雷德感到被侵犯，他很生气。不能让戈尔斯基知道自己对外祖父的逝去没有丝毫的伤悲。曼弗雷德表现出一副缅怀的表情。他沉下嘴角，盯着石头板。只有经过戈尔斯基所在的门口时，才抬起头。戈尔斯基冲他简单且毫无歉意地点了点头。人们聚集在棺材后方。才刚到下午，经过了教堂的昏暗后，阳光显得格外耀眼。帕里亚特的墓地有点斜，曼弗雷德必须再蹲一点，才能抓紧棺材角。一个老人停了下来，他需要喘口气、擦擦汗。殡仪业者对这种场景见多不怪。他们很快就到了墓地。曼弗雷德母亲的墓就在右边。令人惊讶的是，墓地维护得很不错。墓碑前还有新鲜的花。曼弗雷德从没来过，他想应该是自己的外祖父母一直照顾着母亲的墓地，或者这些事是市政的职责。

棺材被放到了坟墓边的木板上，接着用帆布带降到了墓穴中。让曼弗雷德高兴的是，这种尴尬的任务可以这么快就结束，他站在墓边，就在外祖母的身旁。他的外祖母正握着他的手哭泣。她的丈夫一直厌恶表露自己的情感，多年来，曼弗雷德的祖母也学会了这点。当神父祈福祷告时，戈尔斯基忍不住抬起头。戈尔斯基抽着烟靠在教堂院子铁门旁的墙上。他觉得有只手搭在了自己的胳膊肘上，才知道轮到他为坟墓添土了。泥土碰到木头的声音让人舒服。缅怀者接连添了土，依次对曼弗雷德和他的外祖母表示慰问，接着走向路边停靠的汽车。家里还有场接待仪式。曼弗雷德和他的外祖母走到门口时，戈尔斯基走过来。

“向您致哀，帕里亚特夫人。”他说道。

“你来这儿干吗？”曼弗雷德抛开了一贯的温和。

戈尔斯基再次向曼弗雷德表达哀悼。“我觉得，我们可以共乘一辆车。”他说。

“不可能。”曼弗雷德说。

他们走到了载他们回去的豪华轿车前，帕里亚特夫人先坐进了车。戈尔斯基暗中挡住曼弗雷德，接着弯腰探进车里，亮出了证件。

“夫人，抱歉，我和您的外孙有些重要的事需要处理。您可以让他离开一小时吗？”

老妇人看似很困惑，但还是点点头，戈尔斯基领着曼弗雷德朝着他的车走去。一个打扮考究的老人与曼弗雷德搭腔，戈尔斯基有耐心地等着。“我和你外祖父一起在阿尔及利亚工作。”他激动地摇着曼弗雷德的手，“我可以给你讲几件轶事。”

曼弗雷德不知道自己的外祖父曾去过阿尔及利亚。“我得先处理点事，一小时后就回来。帮我照看下外祖母好吗？”这个老人微微致礼，如果不是有意的，那他看起来很好笑。曼弗雷德跟着戈尔斯基走到车旁。

戈尔斯基的车里有股浓重的烟味。曼弗雷德什么也没说，尴尬自己的决心这么容易就消失了。他知道自己应该表现出愤怒，但是顺从地屈服后再这么做也没有意义。其实，他反倒更不想参加接待仪式。

戈尔斯基转了个“U”形弯，朝着北边开去。他点了支烟，摇下了驾驶座旁的车窗。“你和外祖父不亲近，对吗？”

“并不是这样。”曼弗雷德回答。

“不是这样？”戈尔斯基说道，“我印象里帕里亚特先生并不怎么喜欢自己的外孙。”

曼弗雷德前额一阵刺痛：“你印象里？”他呆滞地重复着，接着才意识到这正是戈尔斯基想要的反应。

“是的，”戈尔斯基说道，“帕里亚特先生去世前不久，我跟他谈了几次话，还谈了谈你。”

曼弗雷德什么都没说。他努力理解戈尔斯基的引申意义。他想不出外祖父可以用什么好听的话来形容自己。戈尔斯基把车开进一条向北的小路上，就在莱茵河边。车静静地开了一会儿。

“我们要做什么？”曼弗雷德忍不住问道，虽然目的地越来越明了。

“你很快就知道了。”戈尔斯基说，“一个安静的地方。”

“如果你有其他问题，我希望有律师在场。”

戈尔斯基慢慢点点头：“先不用担心这个。”

车又走了几分钟，接着停在了一条侧路停车带上。那里有扇刷着白漆的门，就连着通向树林的小路。戈尔斯基熄了火，走下车。他脱下夹克，挂在后座的钩子上。曼弗雷德下了车。戈尔斯基问他要不要把夹克放在车上，曼弗雷德出了汗，但他婉拒了。他松开领带，解开了衬衫领口的扣子。

戈尔斯基走进门。树林里更凉了。小路太窄，两人无法肩并肩地前行。戈尔斯基暗示曼弗雷德自己会带路。

“几年来我一直来这儿。”戈尔斯基说道，以一种闲聊的口吻。“差不多二十年了。你知道吗？这附近没多少谋杀案，但是二十年前一个年轻的女孩儿在这片树林里被掐死了。我那时还是个年轻警察。当时那个案子落在了我头上，它完全超出了我的能力范围。”

曼弗雷德为他看不到自己的脸松了口气。他想起了年轻的戈尔斯基背靠着墙，站在冰冷的接待室中，也就是现在接待参加葬礼的客人的地方。他的样子没怎么变，只是头发变成了灰色的，肚子大了点，但是他的脸还是和年轻时很像。他们走到了小道交叉口。

“走左边。”后面的戈尔斯基说，“最后，我们确定了一个认罪的犯人，你外祖父还记得这些，一个叫马卢的流浪汉。但是我从不认为他是真正的凶手。这件事就一直在我的心里。所以我不断地回来。你外祖父告诉我以前你特别喜欢来这片树林。或者说一直没离开过。”

他停下来，碰了碰曼弗雷德的胳膊，提醒他该离开小路了。他们走到了一个下坡,裤子穿梭在杂草的针刺中。森林的地上很干。一只林鸽不停地叫着。接着，他们走到了空地上。

曼弗雷德大声咽了口唾沫。他的眼尾很疼。当他闭上眼时，他似乎可以看到茱莉亚特的尸体躺在外祖父母家的毯子上。他觉得膝盖无力，他觉得自己一瞬间就要晕过去了。戈尔斯基指着远处一棵倒下的树，表示两人可以坐过去。树干以前不在那儿，其他的地方还是曼弗雷德记忆中的样子。两个人穿过空地，坐在树干上。曼弗雷德脱下了夹克,小心地放在身边。戈尔斯基点了支烟。曼弗雷德可以闻到地上的干燥。已经几周没下雨了。

“看，我们到了。”戈尔斯基说。

曼弗雷德什么也没说。他知道自己的沉默与认罪无异。但是戈尔斯基好像没指望他马上认罪，让他坦白杀了茱莉亚特，如何把她掐死，如何趁机收拾好自己的物品，跑进树林里。不过，就像二十年前一样，他不打算否认。如果戈尔斯基之前就问，曼弗雷德现在已经在服刑了，案子也早就结了。

戈尔斯基从树干上站起来，走到了空地中间。他还在抽烟。

曼弗雷德想象着他的烟灰点燃地上的易燃物，接着造成林中大火。

“就是在这儿发现的女孩。尸体的姿势很特别，好像是被丢在这儿一样。当然，我们也想过这不是案发现场，尸体是被转移到此的，但最后发现这并不成立。为什么犯人要把尸体大老远地搬到树林里，但又没有任何掩饰的痕迹？为什么不直接负重扔进莱茵河？当然，我觉得杀人犯其实是想被抓的，为自己的罪行忏悔。但是我不是很相信这种理论。现在也是如此。”

说这一切的时候，他好像终于可以从自己的想法中释怀。他停下来看着曼弗雷德。

“我找错了人。那时候我从没有调查过谋杀案，我采取的一切措施都是从书里看到的。”他站在那儿，看着曼弗雷德，“书上没有告诉你的是有时候谋杀案的发生只是偶然。但是你没法调查偶然。两个人相遇，一些不好的事发生，这或许只是意外。”他小心地用脚踝灭了烟，坐回了曼弗雷德的身边。两个男人沉默地坐了一会儿，看着面前茱莉亚特死去的地方。曼弗雷德对戈尔斯基没什么恶意。此前，他从未想过多年前如果认罪，现在是不是已经出狱了。考虑他当时的年纪和处境，也许会得到宽恕，只坐几年牢即可。可能他二十多岁就能出狱。但是，从那次意外之后，他的人生都发生了逆转。

“所以，”戈尔斯基突然说道，“你愿意告诉我发生了什么吗？”

曼弗雷德从故事的最开始讲了起来。戈尔斯基面无表情地听着，眼神盯着空地对面的树。他点了支烟。曼弗雷德诉说的时候很平静。他甚至喜欢回忆自己和茱莉亚特见面的细节。直到说到杀人时，他才开始支吾其词。他把头偏离戈尔斯基，讲着自己如何把毯子从茱莉亚特的尸体下抽走，如何小心地收拾自己的东西。透过眼角，他看到戈尔斯基轻轻点着头，但什么都没说。林鸽还是在林子里叫着。

最后，戈尔斯基站起来。“我们走吧。”他说道。他伸出手，似乎是指示车的方向。

曼弗雷德跟着他穿过空地，走到小路上。他很冷静。他们沉默地回到圣路易斯。偶尔，莱茵河会在视野里若隐若现，棕色的水慢慢地流动，好像是无力的泥巴一样。曼弗雷德以为戈尔斯基会直接把车开到警局，但他开过了警局，停在了他米洛斯路的公寓外。附近没有人。曼弗雷德看着他。

“你不下车吗？”戈尔斯基说道。

曼弗雷德很困惑：“难道你不抓我？”

戈尔斯基慢慢摇摇头：“我们明天再说吧。我希望你告诉我有关阿黛尔的真相。”

他倾着身，打开了车门。他脖子后的头发剪得很整齐。曼弗雷德下了车。

“哪儿也别去。”戈尔斯基说。

曼弗雷德站在走道上，看着他慢慢掉头，朝着警局开去。洗衣房的男人牵着他的小狗经过，他在路边停了一会儿，等着小狗在树叶上嗅来嗅去。他似乎没认出曼弗雷德。

第二十二章

Chapter 22

戈尔斯基把车停在三王路上。花店老板像以往一样热情地跟他打招呼。浓烈的花香让他想起了教堂。或许,是葬礼让他来这儿。他父亲的葬礼并没有几个人参加。当时列贝利去了，严肃地坐在教堂的最后面。他父亲在克洛驰餐厅的几个朋友也去了，当时就坐在戈尔斯基和母亲的身后。老戈尔斯基的客人一个都没有去。

戈尔斯基买了一捆百合。贝克夫人不想要他的钱，但他坚持要给。

“我之前在楼上喝了点汤。”她说。

“谢谢您。”戈尔斯基说。

他走上楼，轻轻地敲了敲门，接着把门推开。门从来都不锁。他的母亲在摇椅上睡着了，看起来很祥和。戈尔斯基打算悄悄离开。他看到黑色的木头餐柜上有个旧花瓶，于是走进厨房把花插了进去。当他回来时，他的母亲醒了。

“好啊，乔治斯，你怎么来了。”她虚弱地对他笑着。

“我没想吵醒你。”他说。

“我就是歇歇眼。”

“我给你买了点花。”

“我看到了，你该为自己的妻子买花，而不是我。”她说，“但还是谢谢你。它们很美。”

她费力地从椅子上站起来，蹒跚地走进厨房。她不喜欢别人帮忙。戈尔斯基坐在桌旁。他每次都坐在同一个地方。戈尔斯基夫人接着端过来一个托盘。戈尔斯基倒了杯茶。他们静静坐了一会儿。公寓里很静。

戈尔斯基夫人问到了克莱曼斯。

“她很好，”戈尔斯基说道，“在学校表现也不错。”

“你妻子呢？”

戈尔斯基夫人从来不叫赛琳的名字。

“很好，”戈尔斯基说，“她店里很忙。”

赛琳很少来，就算来，也不会掩饰自己对老公寓、过时家具与布局的不屑。戈尔斯基总为她的行为感到不齿。老戈尔斯基的椅子还是在他们中间的地方。戈尔斯基似乎可以看到那个老人坐在上面，烟筒放在旁边的小桌上，一张报纸搭在椅子臂上。

“你还记得树林里被杀的那个女孩吗？”

他不知为何要这么说。他从来没跟母亲谈过自己的工作。

“当然了，”她说，“她叫什么来着？”

“茱莉亚特。”

“对，”她说，“我记得很清楚。”她盯着窗户。

“我们终于找到了罪魁祸首。”他说。

戈尔斯基夫人轻轻点了点头：“你的父亲一定会很高兴。”

戈尔斯基费力地咽了口唾沫，点点头。他的喉咙很苦，慢慢地呼了口气。接着，站起身，把茶具端回了厨房。

“我该走了。”他说。

他亲了亲母亲的脸颊。她握住他的手。

“有空带克莱曼斯来。我想见见她。”

“没问题，”戈尔斯基说，“改天见。”

他不想回到警局。戈尔斯基想象要是兰伯特，该如何庆祝二十年前的案子真相大白，因为这一定会引来同事的羡慕。或许，他们会包下整个酒吧，整晚狂欢，几个好奇的记者会紧紧抓住他说的每一个字。兰伯特也不会因为一个流浪汉想找个居所安度晚年的坏心思破坏了自己的心情。

戈尔斯基去了小酒吧。里面是很多下工后的客人，他们都下意识地遵循着工人应该站在吧台、文员与职员坐桌旁的不成文法。戈尔斯基坐在他的老地方，示意老板来杯啤酒。那个曾经的老师还是坐在高窗下，面前的桌上放着一杯酒。角落的桌上坐着三个年轻人，大概二十多岁。他们年轻的脸上充满了活力，在这样的酒吧里喝酒透露着他们的叛逆。伊夫给他把酒端过来。戈尔斯基不清楚酒吧老板知不知道自己是个警察。如果知道，他竟一点表现都没有。酒吧老板不是很欢迎警察，因为他们的出现会让其他的客人感到不安，无论那些人是不是守法的好公民。戈尔斯基的啤酒几口就喝光了，接着他又示意老板再来一杯。

如果戈尔斯基因为解决茱莉亚特的案子而感到有丝毫满足，那也一定是种悲伤的满足。否则，他要是那么能耐，上一次就能成功处理案子。他当面见过犯人，却什么也没怀疑。现在，虽然可以指控曼弗雷德·鲍曼，但这对他的名誉一点好处都没有。不管怎样，政府都无法在马卢死后为他洗白，鲍曼的认罪也永远不会被认同。任何律师都明白这点。指控鲍曼又能得到什么呢？他不是完全意义上的杀人犯。在法律的眼里，他只是对茱莉亚特的死有责任，但他并没有故意杀害她。从某种意义而言，他为自己的行为已经付出了应有的代价。

所以，这个案子只能在私下才有结果。戈尔斯基甚至都不能回家告诉赛琳，自己终于了结了几年前破坏他们婚姻的案子。自从马卢定罪后，他一直把这件事埋在心里。赛琳觉得他对这个案子的着迷很无趣，但他一想到一个无辜的人被定罪他就很惭愧。直到后来假装案子了结，情况才有所好转。

现在唯一的问题就是鲍曼会不会承认自己与阿黛尔的失踪有关。这个银行经理的性格显然很怪。他肯定是谎称自己与阿黛尔的失踪无关，毕竟戈尔斯基已经知道他之前至少杀过一个人。在戈尔斯基了解过的人里，没有一个人对他有正面评价。名义上看，鲍曼的嫌疑最大。显然，新闻让读者相信他有罪也不难。但是，戈尔斯基不信。他觉得曼弗雷德的谎言不是大问题。戈尔斯基很早就发现，即便是最无辜的人也会对警察说谎，就像条件反射一样。作为警察，这种默认身份已经假定了他们不要相信任何话。重要的不是一个人撒谎，而是撒谎的动机是什么。在这个案子里，不明了的是曼弗雷德撒谎是因为他在掩饰，还是只是不想卷入警察的调查。鉴于戈尔斯基现在对他的了解，后者的可能性很大，甚至更合理。另外，也许他太容易就受到了鲍曼故事的影响。毕竟，他过去的二十年一直是一个人在解读案件的真相。也许，事情不是鲍曼说的那样，也许他跟着茱莉亚特进到树林里，出于某种冲动，杀害了她。或许，他们一起度过的日子不过是他的臆想。按鲍曼的坦白，青年时的他完美地掩饰了他的踪迹，之后的几周里也没有丝毫反常。不过，如果鲍曼想要给自己脱罪，他无须详尽地描述自己杀人之后的行为。显然，他的故事是真的。不管怎样，戈尔斯基都没法一个个去确认。

戈尔斯基点了第三杯酒。肥胖的理发师走了进来。他走到吧台旁，劈着两条胖腿，点了杯白酒。他已经喝了两杯，转过头，他环视酒吧，看到了避开视线的戈尔斯基。

“检察官，在这个小地方看到你真高兴。”

戈尔斯基抬起头，简单地对他笑笑。那个过去的老师也从报纸上抬起头。戈尔斯基觉得勒梅尔很反叛。他走过来，带着一种阴谋的口吻开始讲话。

“跟我说说，检察官，案子如何了？”

“不好意思，”戈尔斯基说，“我不能谈。”

勒梅尔向前倾着，身上一股子汗臭味。

“好了，检察官，我听说你拷问了鲍曼。”

戈尔斯基严肃地看着他。

勒梅尔朝他夸张地眨眨眼，摸了摸鼻梁。

“所以鲍曼是最大嫌疑人？”

戈尔斯基做什么或者说什么都没关系。勒梅尔和其他的大多数人一样。人们就是喜欢家门口的谋杀案，最好是血腥的恶性案件。一想到自己的生活里出现了惊天大事，人们就会觉得激动。酒吧里几周的谈话焦点也一定是案子。

“我无以置评。您是否……”

勒梅尔意味深长地点点头，好像戈尔斯基没有否认他的主张，就是给自己透露了一点内部消息。他回到吧台。戈尔斯基想知道，如果自己公正地判定曼弗雷德·鲍曼杀害了阿黛尔，会不会取悦附近的人。

既然勒梅尔已经暴露了戈尔斯基的伪装，他现在还是离开酒吧为妙。他不再是个无名的泡吧者，他是个警察，其他的客人一定听到了刚才的谈话。吧台的讲话声更小了。让别人看到戈尔斯基自己买醉也不合适。但是他哪里也不想去，也不想和赛琳坐在饭桌前。赛琳希望他不回家时给她打电话。但是啤酒让他头晕。他又点了更大的一杯酒，跟其他人一样坐着喝酒。戈尔斯基是不是发现伊夫对他的态度有什么转变？当他把戈尔斯基的酒放在桌上时，是不是在避免同他眼神交流？这可能都是戈尔斯基自己的想象罢了。

一大杯酒端起来沉甸甸的。他喝了一小口。赛琳可能疯了，让她坐在那儿，看着自己微不足道，却被破坏掉的晚饭。他们没有任何共性，也从未有过。她厌恶他，就像他也讨厌她一样。

勒梅尔没过一会儿就走了。他走后，酒吧里的交流多了一点。也许是因为这个理发师在场，而不是戈尔斯基，人们才压低了声音。吧台的男人也喝完了酒，离开了。角落的三个年轻人还是在热烈地说话，他们没有关注勒梅尔与戈尔斯基的交流，还是跟之前一样，一点自我意识也没有。显然，他们都来自富裕的家庭，从小就相信自己可以得到想要的一切。聚在圣路易斯最不健康的酒吧里，可能是对父亲的反叛，那些希望儿子继承家业或职业的父亲。他们留着长发，穿着很沉的灯笼裤。两指间夹着烟，眯着眼抽着。一个男孩吐出了几个烟圈，烟圈慢慢朝着头顶昏暗的窗子飘去。他们在讨论戈尔斯基从未听过的一个作家，戈尔斯基热切地听着每个人的看法。显然，他们想要反抗自己的父亲，跑到巴黎写诗或是玩爵士乐。戈尔斯基为他们叹息。如果他没有为了反抗父亲的期许成为警察，如果不是为了控制自己的人生，那现在他的处境会不会不同？不过，他又想，就算自己穿着棕色的店服经营店铺，耳朵后别着一支铅笔，生活就会更好吗？

年轻人很快就醉了。伊夫看起来没有反应，继续为他们倒酒。他在乎的就是他们愿不愿意花他们父亲的钱买醉。戈尔斯基开始觉得酒精上头。啤酒让他胀肚，所以他转而开始喝白酒。接着，两个穿西服的男人进来了，他们脖上的领带松着，坐在了戈尔斯基旁的桌上。他们来镇上做生意，显然晚上是出来花天酒地的。他们和戈尔斯基谈了起来。

“这附近有什么可以玩的地方吗？”一个人问道。

戈尔斯基耸耸肩。他没办法集中注意力。伊夫在吧台后看到了这个情景。

另一个男人问戈尔斯基是做什么的，他告诉了他们。

“警察？”男人说道，“不好意思，我……”

戈尔斯基看着他们。他们靠在椅子上，接着转过头自己聊了起来。一个年轻人站起来，摇摇晃晃地朝着厕所走过去。他俯身在椅背上，椅子不能承重，翻了过去。男孩跌在了地上，他的同伴一阵欢呼。伊夫从吧台后走出来，不紧不慢地把年轻人拉起来。男孩傻乎乎地冲他一笑。伊夫把他送回了座位上。

“孩子们，该走了。”他面无表情地说道。年轻人们付了钱，走出了酒吧，在里面都可以听到他们在街上唱歌。

后来，戈尔斯基回到家，他蹒跚地走上楼，压根儿没看到赛琳在厨房桌上留的字条，也没有发现她不在床上，就这样睡了过去。

第二十三章

Chapter 23

第二天，曼弗雷德还是照常起床。他洗了澡，在炉子上煮上咖啡，穿好衣服坐下来吃饭。他很平静。他对戈尔斯基没有恨意。如果说有什么感触，那也是终于可以放下压力，释怀了。关于自己的故事，戈尔斯基基本没有做出任何评论。显然，他在审视自己。不过，他是个遵纪守法的警察，他的角色需要他按程序办事。当然，戈尔斯基也可以用他的认罪来铺垫他与阿黛尔案件的联系。曼弗雷德不会谴责他。如果他是戈尔斯基，会不会也这么想？不过，这些都不重要。

像往常一样，他在八点十五分出了大楼。虽然约会出了意外，但曼弗雷德还是希望碰到爱丽丝。当然，就算她径直走过去不理他，他也不会怪她。转念一想，最好还是不要遇到她。他可能不会再见到她。想到这儿，他就觉得伤心。他没有右拐，而是沿着米洛斯路径直走向银行，接着左拐，再原路折返，走到了大楼后面。几个阿拉伯人在社会安全办公室外徘徊。他走过游乐园，朝着火车站走过去。那是个清爽明媚的早晨。附近只有几个人，但是没有一个人多看他一眼。有必要吗？他又没什么特别的，总是自己一个人独来独往。

银行的人今天不会想起他。他本应该还在料理外祖父的后事。经历了丧亲之痛，休息几天也很正常。米勒可以掌权，她肯定很高兴。克洛驰餐厅是另一个问题。今天有集市，玛丽应该会为他中午十二点三十分的到来预留角落的桌子。他的消失一定会引起关注。玛丽会告诉帕斯特，他肯定只是照常耸耸肩。下一个周四，没人会给他预留桌子，其他人会坐在他的地方，根本不会在意自己坐在曼弗雷德·鲍曼的桌子上。第二个星期，恐怕就没人再谈及他的消失了。

车站里全是通勤者，有的在读报纸，有的盯着站台，或是不经意地扫一眼出发站。没有人说话。曼弗雷德走上站台，一辆开往米洛斯的火车停在那儿。几个人不紧不慢地上车，车厢里并不拥挤，曼弗雷德看着火车慢慢地驶出，接着走到站台的另一边，那里也站着几个人。他不了解这时候的火车列次表，不过另一辆火车很快就会开进来。火车驶向何方对他而言并不重要。他来到这儿只是出于习惯，开往斯特拉斯堡的火车就是从这儿出发的。他只需要走下站台。其实，这个动作他重复了几百次了。今天也是一样。

阳光开始变暖。也许曼弗雷德应该在天棚里遮阴，或者看看下一辆火车何时到达，但这些都在他的计划之外。不管怎样，他不想自己走回站台，引起别人的关注。他拿出手巾，擦了擦前额的几滴汗。他不喜欢站在或是坐在直射的阳光下。几年前，不管对不对，他觉得是阳光导致了自己的偏头痛。

一辆火车从站台的对面驶来。曼弗雷德觉得胃部一阵刺痛。没有人在圣路易斯下车。火车启动后，站台空了，好像是魔术师把他的遮布从鸟笼上拉了下来。曼弗雷德看着火车沉重的钢轮慢慢地提速，驶离了车站。没有提前查看时间表很傻。也许，接下来的半小时、一小时甚至更久都不会再有火车。他看起来会很怪。不过，还有几个人等着，说明一辆火车很快就要来了。曼弗雷德的视线随着铁轨移出车站，一直到达镇子的郊区。远处工厂的烟囱冒出灰色的烟，飘向天空。他已经等了十几分钟。米勒应该到银行了。

终于，一辆火车驶进了视线，它走得似乎格外慢。曼弗雷德向后退了几步。他觉得有点头晕，可能是太阳的原因。他不知道戈尔斯基有没有派人盯着他，或者他们会不会阻止，但这都不是很重要。曼弗雷德走到站台边。他闭上眼睛。火车停下后，他的面前出现了一阵骚乱。曼弗雷德睁开眼，有种睡了一会儿的感觉。接着，他目向前方，打开门，上了火车。他没有听到有人叫他的名字，或是有手搭在肩头。

火车像往常一样在车站停了一两分钟。曼弗雷德的心跳得很快，眉毛上落着细小的汗珠。其他的乘客都在埋头看书或者读报。一个五十多岁的男人面无表情地看着窗外，眼神没有在眼前的一切上面逗留。他可能几年来每天都如此。曼弗雷德准备好戈尔斯基随时出现在车厢里，把他押回站台。火车停站的时间似乎比往常要久。也许司机收到电台消息，告诉他火车上有个杀人犯。但是，警察没有来。最后，警卫吹响了哨子，火车开始颠簸，准备驶离车站。火车驶出站台，接着离开了圣路易斯，曼弗雷德的内心一阵欢欣雀跃。他静静地坐着，好像任何举动都会让其他乘客警觉他的存在。他们一定不知道自己见证了多么重要的时刻。

火车不断地加速，曼弗雷德看着农场建筑与矮树丛向后闪去。突然,他觉得自己是个逃脱法律制裁的犯人,他逃开了警察的追击。真让人激动。他所要做的就是在斯特拉斯堡换乘火车，前往法国各地、欧洲各国。就算戈尔斯基在之后的一个多小时里发现曼弗雷德不见了，站台根本没人认识他，也不知道他上了火车。他可以逍遥法外了。

当然，还有钱的问题。曼弗雷德钱包里的证件足以让他从银行里提一大笔钱。但是，警察很快就会发现取钱的时间、地点。或许，他的账户就会被冻结。他得先取出现金，再换乘火车。斯特拉斯堡车站附近有通用银行的分行，走过去用不了十分钟。他可以去取钱，半小时内就可以回到车站。虽然增加了风险，但总比之后暴露自己的行迹好。接着他会坐上驶离斯特拉斯堡最近的一趟车，目的地并不重要。其实，地点越随意越好。他一定不会选择去哪儿，而是把这些留给命运来安排。不管怎样，无论目的地在何方，他都会继续前行。他也会偶尔买件新衣服，剪剪头发。或许，他会留胡子。一切都很简单。像阿黛尔那样的傻瓜都可以毫无痕迹地消失，他肯定也可以。毕竟，每年都会有数千人失踪。他有一次看过一篇文章。消失几周后，一个人就会被遗忘或是认定死亡，只要国家认可，这个人将不复存在。

与他往日的习惯不同，曼弗雷德没有在上车前买票。虽然可以从列车员那儿买票，但曼弗雷德总觉得这会造成某种麻烦。也许，列车员的机器会出现故障，也许他会被怀疑试图逃票。不管怎样，列车员似乎对上车补票的行为很不满，也从不掩饰自己的抱怨。但是今天，他别无选择。

曼弗雷德紧张地等着列车员的出现。也许他收到了消息，要他关注符合曼弗雷德长相的男人。毕竟，火车上的列车员从某种意义上讲也是国家的公务人员。火车开到了米洛斯。曼弗雷德克制住了自己下车的欲望，他必须克服自己的紧张。他必须尽量拉开自己与戈尔斯基之间的距离。

火车驶离米洛斯后不久，列车员就出现了。那是个二十多岁的年轻人。他邋遢地穿着制服，看起来不像是个特别尽职尽责的人。车厢里的其他乘客都在上车前买了票，列车员连看都没看，而是快步地走过车厢。曼弗雷德买了往返票，他不想表露出自己不想回来的计划。列车员点点头，拿起挂在肩上的皮带上面的售票机。曼弗雷德解释自己非常赶时间，所以没办法在车站买票。但是列车员看起来丝毫不感兴趣。他出了票，给曼弗雷德找了零钱。

曼弗雷德检查票时发现始发站是米洛斯而不是圣路易斯。一般，曼弗雷德会向列车员指出错误，但是现在来看，还是不要自找麻烦。如果问起来，曼弗雷德只需要说他把票直接放在钱包里没有看。无论如何，这都是列车员的问题。

田园和城镇很快地向后闪去。曼弗雷德像往常一样坐在那儿，背靠着引擎。他喜欢看景色消失在远方，而不是从前方一闪而过。这让他觉得一切好像都被抛之脑后。他想到了克洛驰餐厅，现在玛丽与多米尼克应该在吃午饭。还有一两个客人在喝着早晨的咖啡，一份报纸铺在他们面前。银行也在正常运转。卡洛琳应该在浏览他的日志，取消约见。也许，她会给他的公寓打通电话，看他何时回来上班。不过，曼弗雷德知道她不会那么做。她太懦弱，不会这样冒犯。他又想到了公寓。租期到时，他的物品会被清理出去，接着租给其他人。想到他的书和衣服被装在盒子里，很可能被扔掉，他就感到一点忧伤。这是成为无名氏的一个过程，只有这样才能抹掉一切存在的痕迹。

火车还有二十分钟就会到达斯特拉斯堡。曼弗雷德开始觉得焦虑。戈尔斯基一定已经发现自己不见了。他已经说了今早两人要谈一谈。曼弗雷德想着他把车停在公寓外，走近公寓楼的路上，他会把烟扔在走道上。也许，他会让别人，比如上次带他去警局的年轻警察去找他，以防曼弗雷德找麻烦。在门口等多久他才会生疑？他会不会破门而入，还是和善地去银行找曼弗雷德？不管怎样，他现在一定知道自己失约了，他一定会不断地咒骂自己。曼弗雷德对自己的行为感到羞愧。戈尔斯基对他以礼相待，他却像个胆小鬼一样跑了。真是太丢脸了。

火车开始减速，穿过了斯特拉斯堡南部的工业区。曼弗雷德又想到了注销账户。这是个大问题。曼弗雷德很清楚注销的步骤。如果一个客人从他的银行取这么一大笔钱，出纳会让曼弗雷德过去监督整个过程。如果是这样，曼弗雷德一般会问客人是不是对银行的服务不满意。当然，没人会愿意讨论自己财务决定的动机，但是注销这么大的账户，至少会让人生疑。接着，曼弗雷德想起自己见过这家分行行长一两次。他应该记得自己，肯定会觉得曼弗雷德销户转存到其他分行的行为有些古怪。不，这个想法行不通。曼弗雷德从夹克里面的口袋里取出钱包，再一次确定了了然于胸的事：他的现金最多够花一两天。他一小时前的激动已经消逝了。要想避开戈尔斯基的追捕，消失得无影无踪的想法很不现实，但是没有钱更是无法想象。他能做什么？犯罪，打黑工？他不敢想象。虽然他不想，但是他已经踏上了一条不归路。

火车开进了车站。曼弗雷德下车时，小心地把自己掩藏在人群中。出站时，没人检查他出错的票。车站广场很忙。许多乘客站在那儿，抬头看着出发时间显示牌，脚边放着公文包和手提包。通勤者从他身边挤过。听不清的广播一遍遍地放着。站台上的一切都很平常，不过，曼弗雷德还是觉得自己会突然被一队人放倒在地上，接着戈尔斯基就会出现。他不会拒绝，也不想拒绝。从某种意义上说，这是种解脱。

为了显得自然，曼弗雷德有目的地在广场走来走去。其实，他可以去银行，少取点钱，够一两周的花费即可。他也担心之后的长期生活。他唯一要考虑的就是如何计划好他的逃离。曼弗雷德放慢了脚步。两个年轻的警察站在车站的入口。他们似乎没看到曼弗雷德。他换了条道，朝着出发站下的电话亭走过去。曼弗雷德从报亭后看了警察一会儿。他们似乎没有格外警觉。比起在人群中找犯人，他们看起来更喜欢对路过的女人评头论足。他买了份报纸，又走回了广场中央，让警察保留在视野边缘。他们之间大约隔着二十米。一个警察的对讲机响了，年轻点的对着它简单地说了几句。他们没有动。戈尔斯基现在应该去了圣路易斯的火车站。那应该是他首先去的地方，他肯定会给斯特拉斯堡打电话，并且描述他的外貌。

曼弗雷德必须马上上火车。他抬眼看着时间提示牌。现在是上午十点四十三分。下一趟火车是前往慕尼黑的。曼弗雷德放弃了。跨境太冒险了。接下来的三趟车都是前往斯特拉斯堡当地的,也不行。第五趟车是去巴黎的。曼弗雷德的心跳瞬间加快。在大都市消失是件容易事。他可以在那儿藏几天，等一切尘埃落定后，再启程。除了穿着的衣服跟钱包里的几张钱，他一无所有。但是，曼弗雷德告诉自己就该是这样，为了消失，必须抛下一切。不过，去巴黎可能也是个错。首都是戈尔斯基首先考虑的地方。巴黎之后就是十点五十三分经由圣路易斯开往巴塞尔的火车。

曼弗雷德紧张地看着入口。那两个警察正悠闲地在车站绕圈。现在车站安静了不少，他觉得自己在空空如也的广场上暴露无遗。他打开了报纸放在脸前。或许明天，他的脸就会出现在头条上，新闻的标题就是“抓获圣路易斯女服务员失踪案在逃嫌犯”。

曼弗雷德从报纸下面瞥了一眼。两个警察现在就径直站在提示牌下，就在电话亭旁。矮点的那个，也就是回复对讲机的那个，直勾勾地看着他。他很年轻，脸上充满了活力，开始留起了胡子，曼弗雷德觉得他肯定是想让自己看起来更成熟。曼弗雷德顶住他的目光，心跳不断加快。他不知道警察是不是在观察自己，还是只是恰巧往这边看。接着，那个研读报纸头条的年长警察推了推他，两人朝着广场中央走过去。曼弗雷德折起报纸，朝着站台走去，前往慕尼黑的火车随时都会来。他要做的就是避免小跑。

刚过十点四十九分，一群观众就聚集在站台两侧，好像是一群鸽子聚起来抢食一样。有的往前看看铁轨，接着手捂着嘴走开。那些站在后面的抻着脖子，想要看看发生了什么。两个执勤警察走到了人群前，像其他看客一样，站在那儿看了一眼，接着想起了自己的工作职责。他们转过身，伸开手，开始引导群众回到广场。老一点的警察对着对讲机说话。越来越多的乘客聚在人群后面，那些早先在场的人向他们描述着发生了什么。

“他朝着火车跑去，接着跌落在轨道上。”

“不，他自己跳下去的，一定是他自己跳的。”另一个说。

“我看到了全部过程，”第三个人说，“他在站台上稳步走着，接着掉了下去。好像是在梦游一样。”

火车司机从驾驶室出来。他摇着头，脸如死灰。接着，在调查中，他的证词是直到男人出现在火车前他才发现，但已经来不及刹车了。车站经理一直警觉意外的发生，他来到了现场，在一堆车站工作人员的协助下，开始在两个站台上拉起警戒线。这个意外会极大地影响当日的火车列次表。看客们虽然不情愿，但也开始疏散了。确定安全后，年轻点的警察爬下了车轨，开始检查受害者的口袋，确认他的身份。

第二十四章

Chapter 24

周四的晚上，克洛驰餐厅忙得出奇。一对三十出头的情侣正在角落的桌上吃饭。女人很漂亮，打扮也很时髦。他们在晚上八点三十分前刚点完餐。他们似乎不是圣路易斯的人，至少帕斯特和玛丽从未见过他们，显然他们也不赶时间。主菜还没上，他们就点了第二瓶酒，第三瓶酒也顺便点上了。他们大声地说话，毫不在意，粗声说着各自的笑话。帕斯特从吧台后的位置上看着他们，但是他们完全忽略了他的注视。玛丽路过时，他轻声告诉她，他们一定觉得自己是在一家巴黎酒馆，他看不上大声喧哗、浮华轻佻的行径。玛丽微微一笑。她的心情很好，不想被丈夫的抱怨破坏了。不管怎样，她喜欢给年轻时髦的客人服务。就为了一条随意的规矩不为他们提供服务，一点也不大气。克洛驰餐厅也许不是一家巴黎酒馆，但也不是家餐厅。玛丽两次过去询问客人是否满意，她遏制住自己为饭菜普通而道歉的冲动，两次都得到了客人的肯定回答。帅气的男人甚至夸赞厨师做火腿酱的手艺。玛丽脸红通通的，火腿酱是她做的。

还在吃饭的其他两位客人愿意同时上甜点与咖啡。窗户旁的桌子上坐的基本都是当地人。勒梅尔、伯蒂与克罗杰还是坐在门边的地方，桌子中间放着纸牌，等着游戏的开始。

曼弗雷德没有坐在吧台的老地方，一个帕斯特认为是干销售的男人坐在他的位置上。他偶尔会在餐厅吃午饭。鉴于现在的一些流言，帕斯特并不奇怪曼弗雷德没有出现。他藏起来几天也很正常，但是帕斯特相信他一定会回来。窗边的桌上传来一阵喧哗，就连勒梅尔的侃侃而谈也被淹没在其中。帕斯特知道克洛驰餐厅的突然火爆并不是因为它是当地的核心。他不愿意承认，但是他对生意突然好转，还有它的中心位置感到高兴。不过，一切肯定会很快恢复正常，但是多宣传宣传对生意也不是坏事。

这场剧唯一的主角却对喧闹一片漠然。阿黛尔还是没有表情地把主菜端给了餐饮区角落的客人。她知道屋里所有的人都在看着她，追随着她的每一个脚步，她的再次出现成了耸人听闻的事件。午饭前她刚出现，玛丽把她带上楼说话。帕斯特对两人说了什么不感兴趣，也不会问。如果玛丽想告诉他，她会挑时间跟他说。之后，戈尔斯基侦探来了，阿黛尔被叫到了公寓。帕斯特同意阿黛尔继续做以前的工作。玛丽的外甥女会在午饭时间帮工。帕斯特不满意这个建议，但玛丽没有理睬。辞掉一个关键时刻热情帮忙的女孩不公平。反正午餐时总是人手不够，多米尼克也上手了。帕斯特耸耸肩。有时候事情需要改变，这没办法。

到了约定的时间，虽然餐厅里有很多客人，帕斯特还是加入了勒梅尔三人。他的参与已经显示了每周打牌这个传统的意义。